名古屋駅西
喫茶ユトリロ

龍《とおる》くんは食べながら謎を解く

太田忠司

ハルキ文庫

角川春樹事務所

目次

第一話　小倉《おぐら》トーストと奇妙な会話の謎　7

第二話　味噌《みそ》煮込みと七宝《しっぽう》の謎　57

第三話　ひきずりと好き嫌いの謎　109

第四話　台湾ミンチと赤い靴《くつ》の謎　163

第五話　なごやんと知らなかった姉の謎　211

名古屋駅西
喫茶ユトリロ

龍《とおる》くんは食べながら謎を解く

第1話

小《お》倉《ぐら》トーストと奇妙な会話の謎

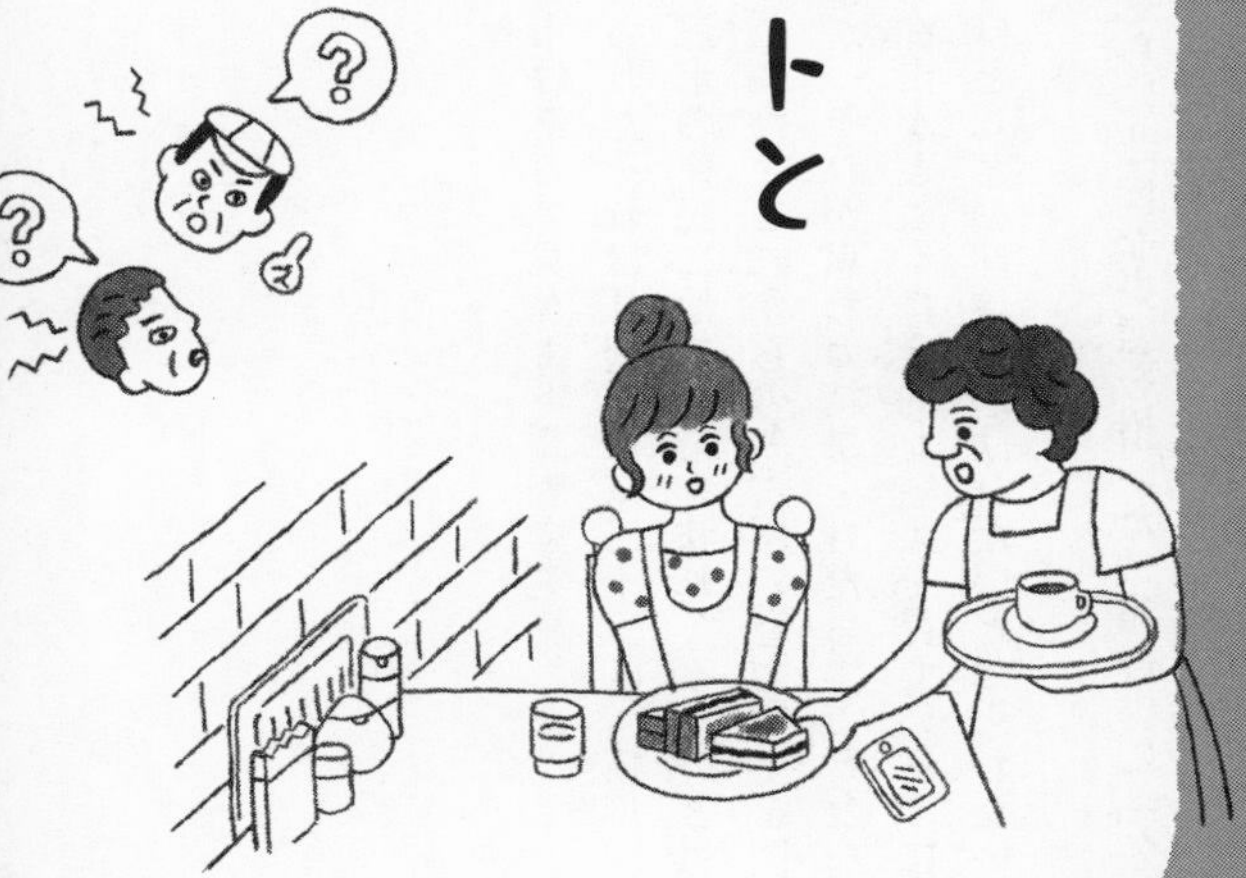

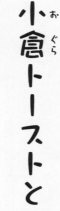

1

平成二十八年（二〇一六年）、名古屋《なごや》市はあるアンケート調査を実施した。

「都市ブランド・イメージ調査」と称されたそれは札幌《さっぽろ》、東京二十三区、横浜《よこはま》、名古屋、京都《きょうと》、大阪《おおさか》、神戸《こうべ》、福岡《ふくおか》の国内主要八都市の住民に他の都市を訪れてみたいと思うか、その都市に魅力を感じるかを尋《たず》ねたものだった。これからの名古屋の魅力向上を図るための基礎資料として計画されたものだったが、それが思わぬ結果をもたらすこととなった。

「訪れてみたいか」という問いに他の都市がどこも肯定《こうてい》的な結果を得ているのに対し、名古屋だけがほぼポイント無し、つまりほとんどの回答者が訪れたいとは思わないと断じたのだ。

「魅力を感じるか」という質問は、さらに悲惨《ひさん》な事態を招いた。報告書に「名古屋市は『最も魅力的に感じる都市』で最下位、『最も魅力に欠ける都市』で最上位となり、最も魅力に乏《とぼ》しい都市と見られている」と結論せざるを得ない結果となったのだ。

この結果はマスコミやネットで瞬《また》く間に広まり、話題となった。名古屋市は自ら、一九八〇年代のタモリ以来の名古屋を揶揄《やゆ》する格好のネタを提供した形となった。

しかし一方で、こんなデータもある。ある旅行サイトが二〇一九年ゴールデンウィークの宿泊予約人泊数（予約人数×泊数）を元に前年と比較して割り出した人気上昇エリアランキングで名古屋が前年比約七倍の伸び率で一位を獲得したのだ。

また名古屋市が毎年発表している「名古屋市観光客・宿泊客動向調査」においても観光客数は年々増加しており、二〇〇六年から二〇一七年の間に五十パーセント以上も増えていることが確認されている。

最も魅力のない都市、名古屋。

最も訪れる気になれない都市、名古屋。

最も訪れる人が増えている都市、名古屋。

この相反した評価こそが、本州の中央に位置する人口二百三十万人の都市の今の姿である。

そんな都市の玄関口である名古屋駅の西側、太閤通《たいこうどおり》口交差点から清正公通《せいしょうこうどおり》沿いに西へ向かうと、不思議な建物を眼《め》にすることになる。

円柱形の黄色いビル。その外観から「とうもろこしホテル」と称されるチサンイン名古屋である。

一月中旬の午前八時、このホテルのエントランスからふたりの女性が外に出てきた。

「面白いホテルだったよね、ここ」

ひとりがスマホを構え、ホテルの全景を撮りはじめる。

「だよね。客室が円筒形の建物の外周に沿って作られてるから、微妙に扇形《おうぎがた》してるし」

と、もうひとりが頷《うなず》く。

「ちょっと狭かったけど、寝心地は悪くなかった。それにあれ、螺旋《らせん》階段」

「それそれ！　ホテルの中にふたつもあって、すごくきれい。上から見下ろすとミステリー映画に出てきそう。ちょっと昂奮《こうふん》した」

「雫《しずく》、古い映画好きだもんね。何だっけ？　ヒコック？」

「ヒッチコック」

「チコック？」

「ヒッチコック！」

「ヒッチハイク？」

「何それ？　どういう意味？」

「知らない。どこかで聞いた気がするだけ」

「無責任だな由紀《ゆき》は」

そう言って笑ったのは南原《なんばら》雫、写真を撮りながら彼女を笑わせたのは高山《たかやま》由紀。ふたりとも東京からやってきた二十歳の大学生だった。昨日から高速バスで名古屋を訪れ、オアシス21やサンシャインサカエといった施設や名古屋城を見て回り、夜は風来坊《ふうらいぼう》で手羽先《てばさき》唐揚を楽しんだ後にホテルに宿泊した。そしてこれから朝食へと出かけるところだった。もちろんホテルでもビュッフェでの朝食はとれるのだが、せっかく名古屋に来たのだから噂《うわさ》に聞く喫茶店《きっさてん》のモーニングサービスというものを食べてみようと由紀が提案したのだった。

由紀が前もって調べていた目的の店は、歩いて十分もかからないところにあった。

「……なんか、古そうだね」

一目見るなり、雫が正直な感想を口にする。いささかすすけた色合いの壁に「喫茶と軽食　ユトリロ」と掠《かす》れた文字が書かれている。

「趣《おもむき》があるってやつじゃん」

スマホを構えたまま由紀は応じた。

「いいよねえ、ユトリロって名前。なんか時代を感じる」

「そうだねえ……」

「なに雫、古い映画は好きなくせに古い喫茶店は苦手?」

「そうじゃないけど……なんか、敷居が高そう。そういうお店ってほら、常連客ばっかりでフリーの客には冷たそうな気がしない？」

「そんなの気にしない。わたしらは客。堂々としてればいいの」

由紀はそう言うと、店のドアを開いた。雫は慌てて後についていく。

「いらっしゃい」

女性の声と共に柔らかな匂《にお》いが漂ってくる。コーヒーと、それから何かわからないけど、とても懐《なつ》かしい匂い。雫は思わず立ち止まり、店内を見回した。

入って右手に向かい合わせに置かれた古いソファが三組並んでいる。そのうちふたつに客が座っていた。老夫婦らしい一組と、五十歳過ぎくらいの男性がひとり。向かって左側にカウンターがあり、その奥に店のひとがいるようだ。正面上方に今どき珍《めずら》しいブラウン管タイプのテレビが据えられ、ＮＨＫの朝ドラが映し出されていた。

「はい、いらっしゃい」

カウンターの奥から七十歳くらいの女性が水の入ったコップとお絞りを銀のトレイに載せて出てきた。ふくよかな顔立ちで柔和な笑顔を浮かべている。その表情を見て雫の緊張が少しほぐれた。空《あ》いている席に座ろうとすると、

「あ、二階がある」

由紀が言った。見るとたしかに上へと続く階段がある。

「二階にも席があるんですか」

由紀が尋ねると、女性はトレイを持ったまま、

「あるよ。そっちに座る？」

「あ、はい。そうさせてください。あの、お店の中、写真とか撮っていいですか」

「ええよ。でもお客さんの顔はやめといてね」

「はい、ありがとうございます」

由紀は階段の写真を撮ると、さっさと上がっていく。少し遅れて雫も続いた。

そこは中二階というべき少し低い空間だった。三つの席があり、そのうちふたつが埋まっている。ひとつには老人がひとりで座っていた。背もたれに体を預けるようにしてテレビを観《み》ている。もうひとつは中年の男性がふたり、向かい合わせに座っている。

由紀と雫は空いている席に腰を下ろした。続いて先程の女性が上がってくる。彼女たちの前にコップを置き、

「注文決まったら教えてね」

そう言って戻ろうとする。

「あ、あの」

由紀が呼び止めた。

「まだモーニングサービスって、やってます？」

「やっとるよ。それにする？　飲み物は何がいい？」

「えっと……じゃあレモンティーで。雫も同じ？」

尋ねられ、頷こうとした。が、テーブルに立てられたメニュー表が視界に入る。

「小倉《おぐら》トースト……って、名古屋の名物ですよね？」

「名物かどうか知らんけど、名古屋ならどこの喫茶店にもあるわね」

「餡子《あんこ》がトーストに載ってるんですか」

「店によっていろいろあるみたいだけど、うちは挟むタイプだわ」

「じゃあ、それにします。小倉トーストとホットコーヒーで」

「はい。モーニングひとつに、小倉トーストとホットね。ちょっと待っとってね」

女性が元気に注文を繰り返す。その声が大きかったのか、ひそひそ話をしていた男性ふたり組がびっくりしたように顔を上げた。

女性が下りていくと、由紀は周囲を見回し、

「昭和な雰囲気《ふんいき》だよねえ。昭和知らないけど。ほら、この絵なんて、もろにそんな感じ」

と、壁に掛かっている絵にスマホを向けた。

雫も顔を上げ、その絵を見る。どこか外国の街の景色を描いたものだった。どうやら冬らしく、雪が積もっている。

「これがユトリロかな？」

「え？　ユトリロって絵の名前？」

「画家の名前」

　雫は自分のスマホを取り出し検索する。

「……ほら、これがユトリロの絵」

　表示された画像を見せると、由紀はそれと目の前の絵を見比べ、

「……ああ、言われてみると同じひとが描いたみたいに思えるね。これ、本物かなあ？」

「まさか。本物がこんなところに掛かってるわけないでしょ」

「だよね」

　由紀は笑った。

「でも、嫌いじゃないな、この絵。寒そうな絵だけど、なんだかあったかい感じもする」

「そうだね」

　ふたりはしばし絵を眺めていた。

「……あんたは、何でもだだくさにするでかんのだわ」

　階下から女性の声がした。注文を取ってくれた店のひとの声ではない。

「なんべんも言っとるでしょ。ねえ敦子《あつこ》さん、わたしなんべんも言っとるよねえ？」

「ほうだね。なんべんも聞いとるよ」

　これは店の女性の声だ。そうか、あのひとは敦子さんというのか、と雫は思った。

「ほれみい、あんたは粗忽者《そこつもの》だでかんのだわ。この前も『鍵《かぎ》がにゃあ鍵がにゃあ』って大

騒ぎして、結局昨日まで穿《は》いとったズボンのポケットに入っとったでしょ。まだ家の中にあったでええけど、外で失《な》くしたら大事だがね。一昨日《おとつい》も近所で泥棒が入ったって大騒ぎしとったでしょ。あんなふうになったらどうするの？」

「でもね美和子《みわこ》さん、おたくのご主人もちゃんとわかっとると思うよ。無口だでよう言わんみたいだけど」

敦子さんが取りなすように言った。しかし美和子と呼ばれた女性は舌鋒《ぜっぽう》鋭く、

「無口なんてそんなことあらすか。このひとねえ、家ではよお喋《しゃべ》るんよ。相撲《すもう》とか観とるとねえ、やれ立ち合いが悪いだの指し手が甘いだの文句ばっかり。お相撲さんに面と向かって言やあって言っとるんだけどね」

ぼそぼそ、と聞き取りにくい男性の声。どうやら美和子さんの夫が反論したらしい。しかし即座に、

「何言っとるの。聞いとれんわ」

と妻に一蹴《いっしゅう》されていた。それを聞いて思わず由紀が笑う。

「なんか、名古屋弁ってすごいね」

「そうだね。でも半分くらい意味がわからない」

ふたりでひそひそと話し合い、また笑った。

それきり下からの声は聞こえてこない。が、今度は同じ階にいる男性ふたり組の会話が

洩《も》れ聞こえてきた。

「おぐらのやつあやすかったな」

「いらんこといわんでええ。かつのときはまっとはよまわしせなかんに」

やはり意味がわからない。

「ねえ、今のは？」

やはりひそひそ声で由紀に尋ねる。

「え？　何が？」

「隣のひとの会話。意味わかる？」

しかし由紀はきょとんとしている。どうやら店内を撮影するのに夢中で聞こえてなかったようだ。

そのとき、店の女性――敦子さんが階段を上がってきた。

「お待ちどおさま」

由紀の前にはバターを塗ったトーストとゆで玉子に紅茶入りのカップが、そして雫の前には餡子を挟んで半分にカットしたトーストとコーヒーが置かれた。

「うわ、結構ボリュームのあるトースト。これと玉子がセットなんですか」

「そうだよ」

「飲み物一杯の値段で？」

「モーニングタイムだけだけどね」

「すごいなあ。いただきまあす」

由紀はスマホで撮影した後、さっそくトーストにかぶりつく。

「……わあ、バターたっぷり。美味《おい》しい！」

「ありがとうね」

敦子さんはにこにこしている。雫も小倉トーストを口に運んだ。

さくっとしたトーストの食感と香《こう》ばしい香り。そして餡の柔らかな甘みが口の中に広がった。バターの風味と塩味がアクセントで効いている。

「……美味しい」

思わず言葉が洩れる。

「これ、バターも塗ってあるんですか」

「ほだよ。これが餡子の味を引き立てるんだわ」

「意外に繊細《せんさい》なものなんですね」

もう一口。餡も甘みがしつこくなく、舌の上ですっと広がり、消えていく。上品な味わいだった。そのことを告《つ》げると敦子さんは満足げに頷いて、

「ほうでしょう？　うちの餡子はねえ、ちゃんとした和菓子屋さんに炊《た》いてもらっとるの。正真正銘の小倉餡だで」

「こし餡、そんで、これが小倉餡って？　普通の餡子とは違うんですか」

「小豆《あずき》を潰《つぶ》さんように煮たのがつぶ餡で、裏ごしして皮を取ったのがこし餡、そんで、こし餡に後から小豆の蜜煮《みつに》を混ぜたのが小倉餡なんだわ」

「へえ、知らなかった。小倉餡も名古屋独特のものなんですか」

「ううん、これは全国どこにでもあるわ」

「ああ、そうなんだ」

思わぬ知識を得ることができた。雫は少し得した気分になる。

「あんたたち、東京のひとかね？」

今度は敦子さんが訊《き》いた。

「そうです。週末を利用して名古屋へ旅行に来ました」

「ほうかね。名古屋なんてどっこも観光できるようなとこあれせんのに」

「そんなことないですよ。栄《さかえ》、でしたっけ、変わった建物もいろいろあるし、それに名古屋城がきれいでした」

由紀が答えると、

「ほうかねほうかね」

敦子さんは自分が褒《ほ》められたように眼を細める。

「あの、ひとつ訊いていいですか」

雫が尋ねる。

「どうして名古屋ではトーストに餡を載せたり挟んだりするようになったんですか」

訊かれた敦子さんは一瞬きょとんとした顔になり、

「……どうしてだろうねえ。そんなの考えたこともなかったわ」

「あ、すみません。変なこと訊いちゃって」

「ええてええて。でも名古屋の喫茶店だとどこも昔から出しとるメニューだでね、きっとどこかの店が試しに作ってみて、それが評判になって名古屋中の喫茶店が真似《まね》したんでないかねえ。今度、孫に訊いてみるわ。あの子、最近名古屋の食べ物に詳しいみたいだで」

「お孫さん？」

「そう。あんたたちと同じで元は東京で生まれたんだわ。でもこっちの大学に通うために今はうちに住んどるの。メイダイの医学部」

「へえ、明大の……あれ？　明大って東京じゃあ……」

「違うて。名古屋では名古屋大学のことをメイダイって言うんだわ」

「そうなんだ」

雫は思わず笑ってしまう。

そのとき、ふたり組の男性が立ち上がった。

「あ、御勘定《おかんじょう》かね？」

「ああ」

「ちょっと待っとってね」

敦子さんは先に階段を下りていく。それに続いてふたりの男性も下りていった。

「面白いおばさん」

由紀が言う。

「こういうレトロな雰囲気の喫茶店によく似合う感じ。夫婦でやってるのかな？」

「そうかもね。奥でご主人がコーヒー淹《い》れてて」

「きっと無口で頑固《がんこ》なマスターだよ。この道何十年って感じの」

ふたりで想像を働かせていると、

「どうもありがとうございました」

敦子さんの声の後、店のドアが開閉する音がする。あの客たちが出ていったようだ。

と、すぐにまたドアの開く音がした。

「ただいま」

若い男の声だ。

「龍《とおる》ちゃん、お帰り」

声をかけたのは美和子さんという客のほうらしい。

「ほれ敦子さん、自慢の孫が帰ってきたに」

「言われんでもわかっとるがね。ありがとね龍。あったかね?」

「うん、これでいい?」

「ええわこれで。コンビニでもサラダ油、売っとるんだねえ。よかったよかった」

「商売道具切らしたらいかんがね、正直《まさなお》さん」

美和子さんが言うと、

「切らしたんじゃない。オイルポットの中にごみが入っとったから入れ換えた」

いささか無愛想な男の声が応じる。どうやら正直さんというのがマスターの名前らしい。

想像どおりのタイプかな、と雫は思う。

由紀が中二階の手すりから下を覗《のぞ》き込んだ。

「なるほど、あれがメイダイの医学生かあ」

つられて雫も下を見る。若い男性が立っているのが見えるが、ここからでは見えるのは頭だけで顔がわからない。

「ちょっと」

と由紀が立ち上がった。雫もついていく。どうやら医大生の顔を確認したいらしい。

ふたりで階段を下りていくと、美和子さんの向かい、彼女の夫の隣にちょこんと座らされている若い男性が見えた。

「だでね龍ちゃん、若いうちにちゃんと女を見る目を養っとかんとかんよ。ほら、前にここに一緒に来とった義一《ぎいち》さんの娘さん、あのひとはどうしやあしたの？」

「ああ、平野《ひらの》さんなら今は東京です。向こうで旅行誌の編集をしてるって」

「ふられたんかね？」

「そうじゃないですって。俺《おれ》はただあのひとの企画に協力してただけなんで」

「ほうかね。じゃあ今はフリーなんだね？」

「フリーって……」

「相手、おるの？」

「いません」

「じゃあフリーだがね。誰《だれ》か世話したろか」

「いや、それは……」

龍ちゃんと呼ばれた男性が困惑したような顔をこちらに向けた。ちょうど雫が階段の最後の一段に足を伸ばしたときだった。その雫の視線と男性のそれが重なる。

瞬間、雫の足許《あしもと》が疎《おろそ》かになった。

「あっ⁉」

思わずよろける。あやうく手すりに手をかけたが、尻餅《しりもち》をついてしまった。

「大丈夫？」

「大丈夫ですか⁉」

由紀と男性が同時に手を伸ばす。雫は一瞬躊躇《ちゅうちょ》した後、由紀の手に縋《すが》った。

「……ごめん、ちょいうっかりした」

言い訳しながら立ち上がろうとしたとき、

「痛っ……」

右の足首に思わぬ痛みが走る。またバランスを崩して倒れそうになった。

「危ないっ」

気が付くと、男性に寄りかかっていた。

「あ……ごめんなさいっ！」

慌てて離れようとする。しかし男性は彼女の体を支え、そのまま空いているソファに座らせた。

「足首、ひねっちゃいました？」

そう尋ねられ、

「大丈夫です。たいしたことないですから」

そう弁明したが、実際はかなり痛む。

「あれあれ、捻挫《ねんざ》かねえ」

敦子さんが心配そうに覗き込んだ。すると男性が、

「靴、脱《ぬ》いでもらえますか」

言われるままスニーカーを脱ぐと、彼は雫の足首を両手で包むように押さえ、指先でいくつかの箇所《かしょ》を押しながら、

「ここ、痛いですか。ここは？」

「あ、大丈夫です」

「ここは？」

「えっと、ちょっと痛い、かな。でも大丈夫です」

どぎまぎと受け答えしながら雫は、彼の掌《てのひら》の温かさを足首や甲に感じ、なんともくすぐったい気持ちになった。

「……そんなにひどい捻挫じゃないみたいです。ばあちゃん、湿布と包帯」

「はいはい」

敦子さんは店の奥に引っ込み、すぐに救急箱を持って戻ってきた。男性は湿布薬のシートに切り目を入れて足首に貼《は》り付け、それを包帯で固定した。

「すごい、上手」

由紀が感心したように言う。

「そら医学生さんだもんねえ」

美和子さんが自分の息子を褒められたかのように得意そうに言う。

たちまちのうちに雫の足首は包帯で固定された。

「しばらく安静にしていてください」

「ありがとうございます。でも、どうしよう？　歩いちゃ駄目ですか」

「うーん、痛まなければ大丈夫だと思うけど」

スニーカーを履《は》いて体重をかけてみる。思ったほどは痛まない。だがなんとも歩きにくい。

「今日これから熱田《あつた》神宮に行くつもりだったんだけど……由紀、ごめん、ひとりで行ってくれる？」

「雫はどうするの？」

「帰りのバスの時間まで、どこかで時間をつぶすわ。また名古屋駅で落ち合おう」

「でも……」

「蓬萊軒《ほうらいけん》のひつまぶし、楽しみにしてたじゃない。行ってきてよ」

重ねて言われ、由紀もやっと納得した。

「でもさ、時間をつぶすってどこに行くつもり？」

「それはまあ、なんとかなるから」

「そういうことなら、うちにおるかね？」

敦子さんが言った。

「この後、店はちょっと暇になるで、痛みが退《ひ》くまでここにおったらええに」

「いえ、それはでも……」

「気にせんでええよ。うちで怪我《けが》してまったんだし」

「それがええわ。そうしやあ」

美和子さんも同意する。雫はさすがにずうずうしいと思ったが、

「特に行く当てがないなら、ここで安静にしていたほうがいいです」

龍にそう言われたのが決め手になった。

「……ありがとうございます。じゃあ少しここにいさせてください」

「じゃあ、わたしは行くわね」

代金を払った由紀がバッグを抱え直し、雫に言った。

「行ってらっしゃい。楽しんできて」

「うん」

頷いた由紀は、雫に顔を近づけてそっと囁《ささや》いた。

「医大生さん、ゲットしないとね」

「え？」

「連絡先」

にっこりと微笑《ほほえ》むと、由紀は店を出ていった。

2

敦子さんが言ったとおり、モーニングサービスの時間を過ぎると店に客はあまり来なかった。ぽつりぽつりと入ってきても、コーヒーを飲むと、さっさと出ていく。それでも席を占拠しているのは心苦しくて、雫はオレンジジュースを注文した。それを少しずつ飲みながら、店の様子を眺めている。

龍という名の医大生は店の奥にあるドアから姿を消したまま、出てこない。もう来ないんですか、と訊くこともできなかった。もう少し話をしたかったな、と彼女は思う。

「これ、よかったら食べて」

敦子さんがくし切りにしたリンゴを皿に載せてテーブルに置いた。

「ありがとうございます。本当にご迷惑ばっかりかけちゃってすみません」

「気にせんでええて。もうすぐランチの時間だで、また忙しくなるし、それまでひと休みだわ」

カウンターの奥ではマスターが無言でコーヒー豆の選別をしている。白いシャツにネクタイを締め、茶色いエプロンを着けていた。絵に描《か》いたような喫茶店主だった。

「このお店、いつからやってるんですか」

「昭和二十四年だで、もう七十年になるかね。わたしの父さんと母さんが戦後間もなくに始めたんだわ。わたしらで二代目」

「七十年ですか。すごい歴史ですねえ。その頃《ころ》から小倉トーストは出してたんですか」

「たぶんね。父さんが新しもの好きで、あっちこっちで流行《はや》っとったメニューはどんどん取り入れたみたいだわ。イタリアンもインディアンも牛丼《ぎゅうどん》も」

「あ、ほんとだ。牛丼もあるんですね」

　メニュー表を見て雫は驚く。

「名古屋の喫茶店って、定食屋さんみたいなものなんですね」

「ほうだねえ。でも、他のところの喫茶店もそうでないかね？」

「どうでしょうか。東京ではチェーン店のカフェとかしか行かないから」

　リンゴを口に入れながら、雫は不思議な居心地の良さを感じていた。今までこういうタイプの店にはほとんど足を向けてこなかったが、意外に好みかもしれない。

「そう言えばあんた、名前は？」

「あ、雫です。南原雫」

「雫ちゃんかね。かわええ名前だね。大学生？」

「はい。社会福祉《ふくし》学科に行ってます」

「難しそうなところだね。学校、面白い？」

「はい」

「それはよかったねえ。自分が面白いと思って勉強するのが一番だわ。龍もそうだといいんだけどねえ」

「龍、さんって、さっきのひとですよね。医大生の。大学が面白くないんですか」

尋ねてから、

「あ、すみません。余計なこと訊いちゃって……」

「いいよ別に。あの子はねえ、考えすぎなんだわ。いろいろ考えてまうから」

そう言っているときに奥のドアが開いて、当の龍が顔を出した。

「まだ足、痛みます？」

「え？　あ、はい。あの、だいぶいいみたい、です」

あたふたしながら雫は答える。

「そうそう、さっきこのお嬢さんから訊かれたんだけどねえ、龍なら知っとるかね？　どうして名古屋の喫茶店で小倉トーストが出されるようになったかって」

「小倉トーストの起源？　えっとね」

龍は少し考えるような顔をしてから、

「たしか、戦前にあった古い喫茶店で、客の学生たちがバタートーストをぜんざいに浸《ひた》して食べはじめて、それがヒントになったんじゃなかったかな。『ＤＡＧＡＮＥ！』に書いてあった。えっと……なんて店だったかなあ」

「満つ葉《まつば》だ」

カウンターの奥から声がした。

「大正時代に若宮《わかみや》神社の近くにあった店だ」

「ああそれそれ。じいちゃん、やっぱり詳しいな」

正直さんは返事もせず、豆の選別に戻った。敦子さんがくすりと笑う。

「ほんと、うちのひとは愛想ないで。怒らんとってね」

「いえ全然。でも小倉トーストって不思議なメニューですよね。トーストに餡子を挟むなんて」

「でもそれってアンパンと同じですよね」

龍が言う。

「食べ物としては日本中どこにでもあるものですよ。包んで焼いてあるか、焼いてから挟むかの違いだけで」

「あ、そうか。言われてみればアンパンですね」

盲点だった。たしかに子供の頃から食べているものと構造は同じではないか。どうしてそれを奇妙な食べ物だと思ってしまったのだろう。

「先入観でしょうね」

雫の心を読んだかのように、龍が言った。

「餡が『トーストに載せたり挟んだりするもの』という分類の中に入っていなかったから、カテゴリーエラーを起こしたような気がするんだと思います。人間ってちょっと見方が変わるだけで物事を別のものみたいに感じてしまうことがあるから」

「難しいこと言っとるねえ、この子は」

「難しくないよ。ばあちゃんだってこの前まで、タピオカが魚の卵だって思ってたでしょ。見た目でそういう分類をしてたからだよ」

「だってタピオカって魚、おりそうでしょ？」

「まあ、たしかにいそうだけどさ」

龍は苦笑する。人懐《ひとなつ》っこい笑顔だな、と雫は思う。

「そうそう。この子、雫ちゃんっていうんだってよ」

不意に敦子さんが言った。

「ええ名前だわねえ。東京で社会なんとかって大学に通っとるんだと」

「え？　あ、えっと……社会福祉学科、です」

いきなり紹介され、雫はうろたえる。

「そうですか。社会福祉学科というと障害者福祉とか児童福祉とか勉強されてるんですか」

「はい、そうです。わたし、あの、昔から福祉のことに興味があって、将来的には社会福祉士になりたいって思ってて……はい」

話しているうちに自己アピールしているみたいな気になって、言葉が尻すぼみになってしまった。

「いいですね」

龍はにっこりと微笑む。

「そういうの、すごいと思います。これから社会福祉は重要度が増す一方でしょうし」

「でも、龍さんもお医者さんになるんでしょ？　そっちのほうがすごいです」

「いや、俺なんて」

その笑みが少し淋《さび》しげに陰《かげ》った。

その表情が気になった。

――あの子はねえ、考えすぎなんだわ。いろいろ考えてまうから。

先程の敦子さんの言葉が脳裏《のうり》に蘇《よみがえ》る。考えすぎって、何を考えすぎているのだろう。

――雫は考えすぎなとこあるから。

不意に由紀の言葉が過《よぎ》った。この旅行に誘われたとき、少し躊躇する雫に向かって言ったことだ。

考えすぎ……たしかにわたしも、そんなところがあるかもしれない。

「……わたし、昔から福祉の仕事がしたいって思ってたんですけど、いざ大学に入って勉強しはじめたら、想像してたのよりもずっと専門的で大変で、ちょっと考えすぎちゃって疲れちゃったんです。そしたら由紀が『気分転換に行ったことのないところに行って美味しいものを食べよう』って言ってくれて、それで名古屋に来たんです」

「そうですか。それで、名古屋の食べ物は美味しかったですか」

「はい、すごく。手羽先も味噌《みそ》かつも美味しかったし、ここでいただいた小倉トーストも、もちろん美味しかったです。名古屋ってちょっと変わってるけど美味しいものがいろいろあるんですね」

「そうなんですよね。俺も東京からこっちに来たときにはまだよくわからなかったけど『DAGANE!』の仕事をするようになって、いろいろと知ることができました」

「さっきも言ってましたけど、『ダガネ』って何ですか」

「ああ、ごめんなさい。名古屋で発行しているWebマガジンのことです。そこで『名古屋めし再発見』という企画をやってるんです」

「龍さんが、ですか」

「本当はちゃんとした編集者が企画してて、俺は食べてまわるだけですけどね」

「どんなのですか。見たいな」

雫が言うと、

「これだがね」

敦子さんが差し出したのは、iPadだった。ささっと指で操作すると、「NAGOYAを世界に発信するWebマガジン　DAGANE!」というタイトルが表示された。

「すごいですね。敦子さん、iPadを使いこなしてるんですか」

「使いこなすなんて、そんな大層なもんじゃないて。どんなふうに出とるか見たいって言ったら、この子がね、買ってくれたの」

「金を出して買ったのは、ばあちゃんでしょ。俺は設定しただけ」

「だってわたしにはこんなの、よう使えんもん」

渡されたiPadの画面をスクロールすると、「名古屋めし再発見」というコーナーがあった。タップすると出てきたのは、麺《めん》——平たいからきしめんだろうか——を啜《すす》る龍の顔のアップ画像だった。

「あー、まだこの画像使ってるんだ。恥ずかしいから別のにしてって頼んでるのに」

龍が困り顔で言う。しかし敦子さんは、

「ええ顔しとるがね」

とにこにこしている。たしかにきしめんを啜る龍は食べる喜びに満ちた表情をしていた。

ああ、いいいな。雫は思わず微笑む。

「さっきの話ですけど」

不意に龍が言った。

「え？」

「考えすぎちゃうって話」

「あ、ああ、はい」

「そういうときに旅に誘ってくれたり美味しいものを一緒に食べてくれるひとがいるって、それだけで救われますよね」

「そう、そうですね。わかります」

「考えすぎる癖《くせ》ってなかなか抜けないけど、ちょっとだけ息抜きできて気が楽になる。俺もこの前、友達が急に『動物園に行こう』って言い出して、強引に東山《ひがしやま》動植物園に連れてかれたんです。そこでぼんやり象とかペンギンとか眺めてて。そしたら、ちょっとだけ気持ちが楽になって、ああ、俺、煮詰まってたんだな、それが駿《しゅん》には見えてたんだなって」

駿、というのが友達の名前だろうか。

「龍さんは、何に煮詰まってたんですか」

訊いてから、ちょっと踏み込みすぎたかと後悔《こうかい》した。が、龍は気にする様子もなく、

「いろいろです。大学のこととか進路のこととか、この町のこととか」

「町？」

「駅西のことです。今このあたりはどんどん変わってきている。もうすぐリニア新幹線の

駅ができるんですよ。あと数年もしないうちに全然知らない町になってしまうでしょう。それがなんとなく、淋しいです。もともと東京で生まれて名古屋には思い入れなんかなかったはずなのに、もう東京よりここのほうが故郷みたいな気持ちになってる。だから自分の故郷が無くなってしまうみたいな、そんな気持ちになるんですよね」

　素直だな、と雫は思う。このひとはとても素直に自分の気持ちを話している。不思議だ。どうして会ったばかりのわたしにこんな話をしてくれるんだろう。ただの自分語り？　いや、そんな自分勝手な印象は受けない。自分のことを語りながらこちらの気持ちをほぐそうとしているかのようだった。

「あんたがそんなに名古屋好きになっとるとは思わんかったわ」

　敦子さんが茶化《ちゃか》すように言った。

「今でも東京弁で喋っとるのに」

「話し言葉までは変わらないよ。でも名古屋弁も多少は聞き取れるくらいにはなったから。ここのお客さん、みんなこてこての名古屋弁で喋ってるしさ」

「そういえば、さっきここで話してた……美和子さん？　あのひとの言葉がわたし、よくわかりませんでした」

　雫が言うと、

「美和子さんの？　なんて言ってました？」

「ご主人に向かって言ってたんですけど、たしか……『何でもだだくさにするでかんのだわ』とか。『だだくさ』って何ですか」

「だだくさはだだくさだがね」

敦子さんが言うと、

「それじゃ説明にならないよ」

龍がやんわり注意する。そして雫に言った。

「『だだくさ』っていうのは扱いかたが雑って意味です。『かんのだわ』は『いかんのだわ』、いけないって意味ですね。標準語にすると『何でも雑に扱うから駄目なんだ』ということです。相変わらず美和子さん、栄一《えいいち》さんにきついこと言ってたんだなあ」

「いつものことだがね。美和子さんが栄一さんにあれこれ言うのは」

敦子さんが言う。

「まあ、あの夫婦はあれで仲良うやっとるんだけどね。うちと同じで」

そう言いながら店の奥に眼を向ける。夫の正直さんは無言でコーヒーを淹れていた。

雫は思わず笑いながら、

「あ、じゃあ、あれはなんていう意味だったんでしょうか」

「あれって？」

「上にいたとき、隣の席にいたひとたちが話してたんです。小倉がどうとかって。ちょうど小倉トースト食べてたから、そのことかなって思ったんだけど、他の言葉の意味が全然わからなくて」

「なんて言っとったの？」

敦子さんに尋ねられ、雫は記憶を掘り起こす。

「えっとですね……『おぐらのやつあやすかったな』と言って、もうひとりが『いらんこといわんでええ。かつのときはまっとはよまわしせなかんに』って」

「『おぐらのやつあやすかった』……どういう意味だろ？」

龍が首をひねる。すると、

「『あやすかった』は『簡単だった』って意味だわな」

敦子さんが言う。龍は得心したように、

「へえ、そうなんだ。まだ俺の知らない名古屋弁もあるんだな。あ、でも『まわしせなかんに』ってのはわかるよ。『まわし』って『準備』のことだよね」

「そうそう。ようあんたのお父さんにも言っとったよ。『早《は》よまわしして学校行かなかんに』って」

「だとすると雫さんが聞いたのは『オグラのやつ簡単だったな』『余計なことを言うな。カツのときはもっと早く準備しなきゃ駄目だ』ってことかな。合ってる？」

「合っとると思うけど、意味がわからんね。オグラが簡単だったって、どういうこと？

やっぱり小倉餡のほうが簡単だってことかねえ?」

「何に比べて?」

「さあ……」

敦子さんは首をひねる。

「その後の言葉も意味がわからないよ」

「『カツ』って名古屋弁で何か意味のある言葉なんですか」

雫が尋ねると、

「名古屋でカッと言ったら、味噌かつだわね」

敦子さんが言った。

「味噌かつを作るときは準備を早くしろって言ってるのかな……? ってことは、そのひとたち食べ物屋さんだろうか」

「それは、違うような気がします」

と、雫。

「だってふたりとも工事現場のひとが着てるような作業服姿でしたから」

「じゃあ、そういう職種のひとかもしれないなあ。でも、だったら意味がわからないなあ……」

「あの、そんなに真剣に考えてもらわなくても……ちょっと耳に入ってきただけのことですから」

　悩む龍を見て申しわけない気持ちになった。

「いや、俺もそんなに真面目《まじめ》に考えてるわけじゃあなくて、軽い謎《なぞ》解きのつもりですから」

　と、龍が言ったとき、

「おい」

　不意に店の奥から声がかかった。

「龍、ちょっと来い」

「ん？　どうしたの、じいちゃん？」

　龍はカウンターを潜《くぐ》って奥に入っていく。正直さんが孫に顔を近づけ、何か話した。たちまち、龍の表情が引き締まる。

「……それ、ほんと？」

　正直さんが頷くのが見えた。

「なに？　どうしたの？」

　敦子さんが尋ねる。

「あ、ちょっと、ね」

　龍は誤魔化《ごまか》すように言って、

「俺、出かけてくる」

慌てたようにカウンターから出てきた。

「どこ行くの？」

「ちょっと」

また曖昧《あいまい》に言うと、そのまま店を出ていった。

「……どうしたんでしょうか」

雫の問いかけに敦子さんも困惑顔で、

「さあねえ。なああんた、龍に何言ったの？」

と、正直さんに尋ねる。しかし彼は無言のままだった。

3

結局、雫はランチもユトリロで食べることになった。悩んだ挙《あ》げ句《く》、イタリアンスパゲッティを注文する。出てきたのは熱々に焼けた楕円《だえん》形の鉄板に載せられたナポリタンで、玉子が鉄板の上でじゅうじゅうと音を立てて震えている。これは熱そうだと慎重に口に運ぶ。

「……なにこれ、美味しい！」

半《なか》ば火の通った玉子がケチャップ味のスパゲッティにからんで得も言われぬ味わいだった。決して高級な味ではない。むしろチープな、しかし懐かしい味だ。

敦子さんが言ったとおり、ランチどきはまた店に客が増えてくる。次から次へと注文が入り、それを夫婦でてきぱきとこなしていく様を見ながら、雫は龍が戻ってくるのを待っていた。しかし午後一時を過ぎても帰ってこなかった。

そろそろ帰りの高速バスに乗るためバスターミナルに行かなければならない時刻だった。

「そうかね、もう帰るかね。足は大丈夫？」

「はい、もうかなりいいです」

雫は右足だけで立ってみせた。

「あの、龍さんにお礼を言いたかったんですけど……」

「気にせんでええて。また来たってちょ。いつでも歓迎《かんげい》するでね」

「はい、ありがとうございます」

雫は敦子さんに礼を言い、それからカウンターの中の正直さんに向かって、

「いろいろとお世話になりました。小倉トーストもイタリアンスパゲッティも本当に美味しかったです。ごちそうさまでした」

と頭を下げる。正直さんは相変わらず無愛想だったが、

「あんたのおかげで助かった」

と短く言った。意外な言葉に雫はきょとんとして、

「え？　わたし何も……」

「多分、助かったひとがいる」

正直さんは繰り返しただけだった。真意を聞きたかったが、それ以上話してくれそうにはない。もう時間も迫っていた。雫は何度も礼を言って喫茶ユトリロを出た。

名古屋駅西の高速バスターミナルに行くと、すでに由紀が待っていた。

「足、大丈夫？」

「うん、もう普通に歩ける。心配かけてごめん」

バスに乗り込むと、由紀は熱田神宮の感想を話しだした。といっても「すごかった。まじすごかった」としか言わない。神社すごかった。刀がいっぱい展示してあってすごかった。おみくじが大吉ですごかった。ひつまぶしは美味しかったけど店が混んでてすごかった。

雫は由紀の「すごかった話」を聞きながら、喫茶ユトリロのことを考えていた。店の雰囲気、客が話していた名古屋弁、敦子さんの人懐っこい笑顔、正直さんの無口だけど誠実そうな態度、そして……。

「――ねえ、雫ってば」

「……え？」

「話、聞いてないな」

「ああ、ごめん。何だっけ？」

「だから、別れてから何してたのって」

「ずっとユトリロにいた」

「あの喫茶店に？　何してたの？」

「何って、ぼんやり」

「なにそれ？　せっかく名古屋まで来たのに全然満喫《まんきつ》してなかったってこと？」

「そんなことないよ」

雫は言った。

「すごく楽しかった」

由紀は意外なことを聞かされたような顔をしたが、すぐに笑みを浮かべて、

「ああ、そうか。楽しかったか。それはよかった。医大生さんとは仲良くなれたんだ」

「そんなんじゃないって。あの店の雰囲気がね、なんだか気に入ったの。それだけ」

「それだけ？　医大生込みじゃなくて？」

「医大生医大生しつこいな。あのひととは別にそんなんじゃ……」

「へえ、あのひと？　そういう関係？」

「じゃないってば」

「でも、連絡先ゲットしたんでしょ？」

「え？」

「してないの？」

「してない」

「もう、なにやってんの。意味ないじゃん」

「だから、そんなんじゃないってば」

抗弁しながらも、雫は少し後悔していた。たしかに連絡先くらい聞いておけばよかった。ちゃんと最後の挨拶《あいさつ》もできなかったし。それになにより、店を出ていったときの彼の表情が気になった。なんだか妙に緊張していたような気がする。あれは一体、何だったのだろうか。

東京へ向かうバスの中で、雫はそのことをずっと考えつづけた。

4

再び訪れた名古屋は快晴だった。駅西のバスターミナルは乗降客で混雑していた。雫はバッグを肩にかけ、人込みを避けながら歩きだした。

百合《ゆり》の花の形の噴水もビックカメラのビルも変わっていない。たった半月だから変わり

ようもないのだが。でも、

——もうすぐリニア新幹線の駅ができるんですよ。あと数年もしないうちに全然知らない町になってしまうでしょう。

この風景も、やはり変化していくのだろうか。春にはまだ遠い寒風に頬《ほお》を打たれながら、雫は歩きだした。

喫茶ユトリロは営業中だった。ドアを開けると、

「いらっしゃい」

あの声がかかった。

「あれまあ、雫ちゃん。よお来たねえ」

敦子さんが満面の笑みで駆け寄ってきた。その表情と声に接した瞬間、なぜか涙腺《るいせん》が緩みそうになった。

「名前、覚えてて、くれたんですね」

「当たり前だがね。あんたのことはよお覚えとるもん。足、もう大丈夫かね？」

「はい。すぐに良くなりました。あのときは本当にお世話になりました。あの、今日は龍さんは……」

「出かけとるよ」

「ああ、そうですか」

平日だし、大学に行っているのだろう。当然のことだった。それでも少し残念な気がした。しかし、

「でもね、今日は昼には一度戻ってくるって言っとったよ。どうする?」

「え?」

「それまで待っとる?」

「えっと……じゃあ、その、この前行けなかった熱田神宮に行って、その後で戻ってきます。いいですか」

「ええよ。雫ちゃん、あんたLINEやっとる?」

「ええ」

「じゃあ、わたしと交換してくれるかね? そしたら龍が帰ってきたときに連絡できるで」

「いいですけど……敦子さん、LINEやるんですか」

「これも龍ができるようにしてくれたんだわ。でも龍とか息子の宣隆《のぶたか》しか友達になってくれるひとがおらんで、ほとんど使ったことないけどね。わたしみたいなお婆《ばあ》さんでも友達になってくれるかね?」

「もちろんです」

その場で互いを友達に追加した。

「ありがとね。若い友達ができたみたいで嬉《うれ》しいわ」

「こちらこそ、よろしくお願いします。じゃあわたし、ちょっと行ってきますね」

「はい、いってらっしゃい」

名古屋駅から名鉄《めいてつ》名古屋本線で神宮前《じんぐうまえ》駅へ。それほど時間もかからず熱田神宮に到着した。草薙剣《くさなぎのつるぎ》が祀《まつ》られているという本宮にお参りし、おみくじを引くと中吉だった。ほどほどに良い、ということだろうか。雫は思わず苦笑した。

境内《けいだい》を歩いているうちに小腹が空《す》いてきた。先程眼についたきしめんの店に入ってみるか、それとも由紀が絶賛していた蓬莱軒に行ってみるか、と考えていたとき、スマホの着信音が鳴った。見ると、敦子さんからだった。

【帰ってきました】

一行だけ。それでも意味はわかる。気持ちはすぐに決まった。

急いで名古屋駅に戻る。少し早足で駅西銀座《ぎんざ》を歩き、喫茶ユトリロに到着した。

「お帰り」

ドアを開けると敦子さんが声をかけてくれた。お帰り。その言葉がくすぐったく、嬉しかった。

「いらっしゃい」

代わりにそう声をかけてきたのは、龍だった。あの人懐っこい笑顔が目の前にある。また泣きそうになった。

「どうかした？」

彼女の表情を見て、龍が怪訝《けげん》そうな顔になる。

「あ……いえ、なんでもありません。この前は、本当にありがとうございました」

頭を下げる。そして、

「あの、少し時間、いいですか」

「いいけど、何？」

「この前、名古屋から帰ってからずっと気になってたんですけど――」

「まあまあ、こっちに来て座りゃあ」

敦子さんに勧《すす》められ、空いている席に座った。向かいの席に龍が腰を下ろすと、水のコップとお絞りがテーブルに置かれた。

「あの、小倉トーストとホットコーヒー、お願いします」

「俺もホットと……久しぶりに小倉トースト食べようかな。バター多めで」

「はいはい。ツーホットとツー小倉トーストね」

敦子さんがカウンターの中の正直さんに注文を通す。雫は少し緊張しながら向かい側の龍に言った。

「あれ、何だったんでしょうか。ほら、わたしが話してる途中で龍さん、急にいなくなって」

「ああ、あのときね。雫さんに感謝しなきゃいけないやつだ」

「感謝？」

「そう。ちょっと待っててね」

龍は席を離れ、店の奥のドアから出ていった。

待っている間に隣の席の会話が聞こえてきた。

「最近の若いもんはおうちゃくでいかんわ。ええかしゃんと思うときがあるでよ」

「年寄りをすぐにハバにするもんなあ」

やっぱり意味がわからない。でも聞いてるのは楽しかった。

そのうちに龍が新聞紙を持って戻ってきた。

「これ」

差し出された新聞は社会面だった。見出しに大きく「窃盗犯逮捕《せっとうはんたいほ》　次の犯行計画を聞かれ」とある。記事によると、千種《ちくさ》区に住む四十五歳と五十歳の男性ふたり組が中村《なかむら》区の住宅に押し入って金品を盗んだ容疑で逮捕されたとのことだった。彼らは次に襲う予定だった家のことを喫茶店で話していたところ、その店の人間に聞かれて警察に通報されたという。

「これって……」

雫は記事に掲載されている容疑者ふたりの顔写真を見つめた。間違いない。

「このひとたち、わたしが……」

「そう。雫さんが会話を洩れ聞いたふたりだよ」

「あのひとたち、泥棒だったんですか。でも、どういうことなの……」

「その記事を読んでみて。盗みに入られた家の名前」

言われるまま記事を再読する。被害に遭ったのは中村区の小椋藤次《おぐらとうじ》さん宅と書かれている。

はっ、とした。

「おぐら……じゃあ、あのとき聞いた『おぐら』って……」

「小倉餡の小倉じゃなくて、小椋って苗字《みょうじ》だったんだ。そうだとすると、雫さんが聞いた言葉の意味が変わってくる。『おぐらのやつあやすかったな』というのは、『小椋の家を襲うのは簡単だったな』ということなんだ」

ぞっとした。あれは犯罪の自慢話だったのか。

「……だったら、その後のは……」

「『かつのときはまっとはよまわしせなかんに』だね。これはきっと『カツを襲うときはもっと早く準備をしないといけない』ということだよ」

「カツを襲う……」

「泥棒に入られた小椋さんは最近、家の外装を塗り直したんだって。そのときに施工《せこう》した業者の中に、そのふたりがいた。で、その業者が同じように外装塗装の仕事を請け負った注文主の中に勝《かつ》さんって家があった」

「その勝さんの家が、次に狙《ねら》われるってことですか」

「そうなる前に警察がふたりを逮捕してくれたけどね」

「そんなことが……」

あまりに意外な話で頭がくらくらした。

――人間ってちょっと見方が変わるだけで物事を別のものみたいに感じてしまうことがあるから。

前に龍がそう言ったのを思い出した。そうか、こういうことなのか。

「でも龍さん、わたしの話だけでそこまで推理できたんですか。だったらすごい名探偵じゃないですか」

「俺じゃないよ。じいちゃんだよ」

龍は指でカウンターを示した。

「じいちゃんが盗みに入られた家が小椋って名前だったことを覚えてて、俺に話したんだ」

「奴《やつ》らがまた泥棒に入ろうとしているんじゃないかと言い出したのは、おまえだ」

カウンターの中から正直さんが言った。

「だから警察に通報しておけと言った。推理したのは龍だ」

「警察が表彰したいって言ったんだけどねえ、うちのひとも龍も絶対に嫌だって断ったんだわ」

敦子さんが自慢げに言う。

「だって俺たちは別に何もしてないもの。警察が表彰するとしたら、それは雫さんだよ」

「え？　わたし？」

「あのとき雫さんがふたりの会話を聞いてなかったら、そのことを話してくれなかったら、勝さんの家も盗みに入られていたかもしれない。雫さんのお手柄《てがら》だよ」

「そんな。わたしなんて……」

「手柄の譲《ゆず》り合いかね。そんなことよりこれ食べやあ」

敦子さんがテーブルにコーヒーカップと小倉トーストの皿を置く。

「ありがとうございます。いただきます」

雫はトーストを口に入れた。こんがりと焼かれたパンの香ばしさ、餡の甘み、そしてバターの風味が広がる。

「……やっぱり美味しい」

そう言うなり、我慢していた涙がこぼれた。

「ごめんなさい。ちょっと……わたしのやったことで予測もしてなかったことが起きてて、ちょっとびっくりしちゃって」

言い訳しながら泣きながら、雫は小倉トーストを食べた。龍は何も言わず、向かいの席で小倉トーストを頬張る。

「うん、美味《うま》い」

龍が言った。にこにこしている。心の底から美味しいと思っている顔だ。びっくりするほど無垢《むく》で、笑ってしまうほど無防備。こんなに美味しそうにものを食べるひとがいるなんて。

雫は泣きながら、微笑んだ。この顔を見ているだけで、いい。母親とのちょっとした諍《いさか》いも、大学でまた自信を失くしかけていたことも、ここでこうしていると強張《こわば》った心が緩くなる。

そう、違う見方ができたら、変わるかもしれない。

いいな、とてもいい。

「……本当はわたし、また逃げてきたんです」

雫は、言った。

「急にまた名古屋に来たくなって……ここの小倉トーストが食べたくなって……」

「いつでも遊びに来たらええがね」

敦子さんが言った。

「わたしら、ＬＩＮＥ友達だしね」

「……ええ」

雫は頷いた。向かいの席で龍も微笑む。

喫茶ユトリロの店内を静かな時間が流れていった。もう少しこの時間に浸ろう、と雫は思った。

第2話

味《み》噌《そ》煮込みと七《しっ》宝《ぽう》の謎

1

二度と名古屋には帰りたくない、と小川伊月《おがわいつき》は思っていた。だから大学を卒業し東京で就職してから十年、一度も帰らなかった。今でもそう思っている。なのになぜ、ぐずぐずと居残っているのだろう。なぜ……。

「お待ちどおさまでした」

目の前に木製の盆に載せられた土鍋《どなべ》が置かれる。少しずらした蓋《ふた》の隙間《すきま》から湯気が揺らいでいた。おそるおそる蓋の把手《とって》を摑《つか》む。大丈夫。まだそんなに熱くない。ゆっくりと開けた。

湯気と共に立ち上る味噌《みそ》の香り。太い麵《めん》を沈ませた茶色い汁はまだぐつぐつと煮立っている。

猫舌でないが、このまま啜《すす》る勇気はない。箸《はし》で麵を一本だけ引き上げ、蓮華《れんげ》に載せて息を吹きかける。頃合《ころあ》いを見計らって口に運んだ。

味噌の香りと味をまとった太麺を噛《か》むと、その固さに驚く。これ、まだ生煮えなんじゃないの？

いや、味噌煮込みうどんは麺の固さが特徴だと、どこかの雑誌に書いてあった。そのときは「たしかに昔食べたときは固かったかなあ」と思う程度だったが、こうして久しぶりに食べてみると、ちょっとびっくりする。

こんなだったろうか。わたしが覚えている味噌煮込みは、もっと、こう……。

違和感を覚えながらも、うどんを食べつづける。実のところ、固めの麺のほうが好きだった。カップ麺も容器に印刷されている待ち時間より一分早く食べはじめるのが常だ。だから最初の違和感さえ乗り越えれば、このうどんは彼女好みだった。葱《ねぎ》も蒲鉾《かまぼこ》も鶏肉《とりにく》もよく煮込まれていて味が染みている。伊月はふうふうと息を吹きかけながら麺を食べ、汁を啜った。

半分ほど食べたところで額に汗を感じた。箸を止め、バッグから出したハンカチを額に当てる。まだ三月だというのに、ずいぶんと暑く感じる。

ふと隣の席が眼《め》に入った。中年の男性がひとり、やはり味噌煮込みを食べている。土鍋の蓋を受け皿代わりにして麺を啜り、すぐに茶碗《ちゃわん》の御飯をかっこむ。

似てるな、と思った。食べかたが父にそっくりだ。味噌煮込みをおかずに御飯を食べる。

あの食べかたは好きになれない。子供の頃はそんなにたくさん食べられなくて真似《まね》できなかったし、大きくなってからは炭水化物に炭水化物を合わせるというのが我慢《がまん》できなかった。

そういうところも、嫌いだった。わたしは、ああいう食べかたはしない。絶対に。

味噌煮込みを食べ終え、茶で食後の薬を飲んでから店を出た。このところ、胃の痛みも鎮まっている。このまま治ってくれればいいのだけど。でもそれには胃痛の元を除かなければならない。締め切りをとうに過ぎているのに原稿を寄越《よこ》さない作家の顔を思い浮かべ、心の中で悪態《あくたい》をついた。わたしが忌引《きびき》だと知れば、ますます仕事を遅らせるに違いない。それを考えただけで胃のあたりが重くなる。駄目だ。今は考えないでおこう。

エスカ地下街を歩き、西側の出口から地上に出た。ビックカメラの横を通り神社のある交差点に出る。「駅西銀座」と書かれた大きな看板が鳥居のように道をまたいでいた。見覚えがある。たしか、このあたりだ。あらためてスマホで位置を確認する。

その店は記憶のまま、そこにあった。あの頃からこんな古びた雰囲気《ふんいき》だった。表のガラスケースに並べられたメニューの蠟細工《ろうざいく》も変わっていない。「喫茶《きっさ》と軽食　ユトリロ」という壁面の文字も、そのままだ。

ドアの前に立って数秒、伊月は躊躇《ちゅうちょ》した。どう話を切り出したらいいのか、ここに来るまでずっと考えていた。しかし良い考えが浮かばなかった。どうする、やっぱりやめるか。

それとも――。

ドアが開いた。スーツ姿の男性三人が出てくる。突っ立っている彼女をちらりと見た。思わず逃げ出したくなる。そのとき、

「ありがとうございました」

店の中から明るい声がした。その声に引きつけられるように、閉まりかけたドアに手をかけた。

「いらっしゃい」

すかさず声がかかる。おずおずと店に入った。

コーヒーの香《こう》ばしい香りが出迎えてくれる。それと銀のトレイを持った女性の明るい笑顔。

「空《あ》いてる席に座ってね」

「あ、はい」

言われるまま、奥の席に腰を下ろした。

店内の様子も見覚えがあった。椅子《いす》も昔のままのような気がするし、上のほうに据えられているテレビも同じ型だったように思う。二階の壁に掛けてある風景画も記憶にある。子供のときにはわからなかったが、あれはユトリロの絵だ。なるほど、だから「喫茶ユトリロ」なのか、と妙に納得した。

テーブルにお絞りと水の入ったコップが置かれる。

「注文決まったら言ってね」

七十歳は超えているかもしれない女性が笑顔で言った。伊月は無言で頷《うなず》き、テーブルに置かれているメニュー表を手に取る。サンドイッチやトーストの他にスパゲッティやカレーライス、焼きそば定食などもある。そうだった。ここでお昼が食べられるんだった。たしか玉子サンドがふわふわで美味《おい》しかったっけ。ここでランチを食べればよかったかな、と思った。味噌煮込みうどんも美味しかったけど。

「すみません」

声をかけると、先程の女性がやってきた。

「あの、コーヒーフロートください」

「はいはい、コーヒーフロートね。ちょっと待っとってね」

柔らかな名古屋訛《なま》りが、中学生のときに亡くなった祖母を思い出させた。その思い出に気を取られ、話しかける間を失った。女性は厨房《ちゅうぼう》に注文を通すと、奥に引っ込んでしまう。

落ち着け。自分は悪いことをしに来たんじゃない。自然な態度で尋《たず》ねればいい。落ち着いて。伊月は自分に言い聞かせる。

客は彼女の他にひとり、隣の席でコーヒーを飲みながら新聞を読んでいる中年男性だけのようだった。いや、二階にも誰《だれ》かいるようだ。ここからは見えないが、気配がする。

古いテレビは午後のワイドショーを映している。ここ数日報道されている芸能人の話を今日もしているようだ。他にニュースはないのだろうか。それとも他のニュースを見せたくなくて同じ芸能ネタを使い回しているのか。

いけない。それはあの締め切りにルーズな作家が言っていたことだ。政府は我々に隠したいことがあるときにカモフラージュに使える芸能スキャンダルをいくつもキープしている、と彼は秘密を打ち明けるように話した。俺《おれ》は知ってるんだよ。とある筋から情報を仕入れているからね。なるほどそうなんですねと頷きながら、伊月は内心で言い返していた。とある筋ってどこなんだよ。勿体《もったい》ぶってるけど、その手の陰謀説ならSNSに腐るほど転がってるよ、と。

「……ほんと、書くものは面白いんだけどなあ……」

思わず声に出してしまい、伊月は慌てて周囲を見回した。誰にも気付かれていないようだ。

程なく例の女性が注文した品を持ってきた。

「お待ちどおさま」

脚の付いたグラスに黒いアイスコーヒーが注《そそ》がれ、その上に白いアイスクリームの島が浮かんでいる。どこにでもある普通のコーヒーフロートだ。ひとつ違うとしたら、添えられているシロップが個包装されたポーションタイプではなく白い陶器製のピッチャーに入れられていることだ。これもまたレトロだな、と伊月は思う。

いや、そんなことを考えているときじゃない。訊《き》かなきゃ。

「あの……」

声をかけようとして、伊月は口を噤《つぐ》んだ。女性がこちらをまじまじと見つめていたからだ。

なに？　何かした？　どこか変だった？　伊月はうろたえる。

「あんた……前にここに来たことあるかね？」

向こうから話しかけてきた。

「あ……はい。子供の頃に」

おずおず答えると、女性の表情が一気に花開いた。

「やっぱり。どっかで見たような気がしたんだわ。子供の頃って、小学校くらいだったかね？」

「そうです。たしか三年か四年の頃でした。ここに何回かお邪魔してます。たしか、この席によく座ってたと思います。覚えててくれたんですか」

「覚えとるよ。これでも記憶力はええほうだでね。たしかお父さんと一緒に来とった……小川さん。小川哲司《てつじ》さん」

「そうですそうです。小川哲司の娘です」

突然父の名前が出てきて驚いたと同時に、なぜか嬉《うれ》しくなった。

「ありがとうございます。父の名前までご存じなんですか」

「よく通ってくれとったお客さんのことは、不思議と忘れんのだわ。ちょうど他の店に客を取られて客があんまり来てくれんかった頃だし、小さな女の子を連れとったで。コーヒーチケットを買ってくれたで名前も知っとるしね」

女性はレジのあるコーナーの壁に貼《は》り付けられているいくつかのチケットを指で示した。購買者の名前が手書きで書かれている。

「たしかお父さん、あんたのことをイッちゃんって呼んどったね」

「そんなことまで覚えててくれたんですね。わたし、名前が伊月なので父からそう呼ばれてました」

イッちゃんか。そう呼ばれなくなったのはいつ頃からだったろうか。高校、いや、中学のときには、もう……。

「お父さん、元気にしとるかね？」

不意の質問に、どう答えようかと一瞬戸惑《とまど》う。

「あの……亡くなりました」

「あれまあ」

途端《とたん》に女性の表情が曇《くも》った。

「三日前です。昨日葬式で。それでわたし、名古屋に帰ってきました」

「そうかね。辛《つら》いこと聞いてごめんねえ」

「いえ。病気がかなり進行してるのは知ってたので、覚悟はしてましたし」

「おいくつだったの？」

「六十八です」

「まだ若かったのにねえ。残念だねえ」

若かった……そう言われて少し当惑する。言われてみれば今どき六十代で亡くなるのは早いのかもしれない。だが伊月は父のことを若いとは思っていなかった。五十を過ぎた頃からめっきり老《ふ》け込んでいたし、病気のせいで窶《やつ》れてもいたから、柩《ひつぎ》に納められていた父は八十歳近い老人に見えた。いや、ずっと以前、自分が子供だった頃から父のことを年寄りだと思っていた。同級生の父親に比べると妙に爺《じじ》むさくて元気が感じられなかったからだ。

だから、だからわたしは父さんのことを……駄目だ、また気が逸《そ》れそうになった。

「……あの、お伺《うかが》いしたいことがあるんですけど」

バッグから例のものを取り出した。

「これ、ご存じないでしょうか」

女性はそれを見つめる。楕円形《だえん》の金属の上に水色と白の模様が水の流れのように描かれ、その中を泳ぐ海亀《うみがめ》がガラスのように光っている。

「これは、七宝焼《しっぽうやき》だわね」

「七宝焼？」

「金属の表面に釉薬《ゆうやく》を乗せて焼くの。そうするとね、こんな色ガラスみたいなきれいなもんになるんだわ」

「よくご存じですね」

「学校で教えてもらったもん。郷土の名産品って。今はあま市って言っとるけど名古屋市の西隣りのところに昔は七宝町って町があってね、あのあたりではたくさん作っとったらしいよ。でもこれはそんなに古いもんではないね。この形はループタイか何かかね？」

「だと思いますけど」

「これがどうしたの？」

「父の形見なんです」

伊月はそれを女性に手渡す。

「裏を見てください」

言われるまま、女性はそれを裏返す。銀色のベースに紐《ひも》を通す枠《わく》がふたつ取り付けられている。

「平らなところに文字が刻《きざ》まれてますよね」

「……そう言われれば何か書いたるみたいだけど……老眼だでよう見えんわ。なんて書いてあるの？」

「ひらがなで『いつき』と」

「いつき？　あんたの名前かね？」

「違います。いえ、違うと思います」

伊月は言った。

「きっとそれ、違う女のひとの名前です。そのひとのことを知りたいんです」

2

葬式の様子を表現するのに「賑《にぎ》やか」というのは間違っているだろうか。でもそれが正直な印象だ。父の葬儀は賑やかだった。

長く中学で音楽の教師をしていたということが理由のひとつかもしれない。学校関係者や教え子たちがたくさん参列してくれた。女性が多かったのは地域の合唱団でコーラスを教えていたからだろう。あちこちで「小川先生」と父を呼んでいるのが聞こえた。今でも先生と呼ばれているのかと意外に思った。しかしそれ以上に驚いたのが、葬儀会場に歌声が響いたことだった。

きっかけはひとりの女性だった。読経《どきょう》と焼香が終わり出棺までの待ち時間のとき、受付の近くにいた中年の女性が突然歌いはじめたのだ。

ある日パパとふたりで
語り合ったさ
この世に生きるよろこび
そして悲しみのことを

歌いながら彼女は涙を流していた。声が少し震えていた。すると隣にいた同年配の女性も一緒に歌いだした。

グリーングリーン
青空にはことりがうたい
グリーングリーン
丘に上には　ララ　緑がもえる

ひとりふたりと歌声が重なっていく。男性も女性も、声を合わせる。いつしかそれは大合唱となって会場内に広がった。

その時パパがいったさ
ぼくを胸にだき
つらく悲しい時にも
ララ　泣くんじゃないと
グリーングリーン
青空にはそよ風ふいて
グリーングリーン
丘の上には　ララ　緑がゆれる

喪主である母は、その光景を前にしてただ泣いていた。伯父《おじ》も叔母《おば》も泣いていた。葬儀会場の職員までもが涙を流して歌を聴いていた。

伊月はひとり、その場に取り残されていた。

霊柩車《れいきゅうしゃ》で父を火葬場まで運び、お骨にして斎場に戻るとそのまま初七日の法要を行い、家に戻った。祖父母の位牌《いはい》が置かれている仏壇《ぶつだん》の前に後飾《あとかざ》りを組んで位牌と遺影と遺骨を置く。あらためて仏前で手を合わせた母は大きく息をついて言った。

「いいお葬式だったね」

あの合唱のことを言っているのだとわかった。

「お父さん、あの歌が大好きだった。学校でもコーラスグループでも教えてたんだね。だから生徒さんが歌ってくれたんだね」

そうだね、としか言えなかった。

夜、ふたりで食事をした。近くの弁当屋で買ってきた唐揚《からあ》げ弁当だった。食べながら母が言った。

「もう帰るの？」

「まだ少し、いる。でもそんなに長くはいられない。仕事があるから」

「そう」

その一言に籠《こ》められている意味に、伊月は気付かないふりをした。母はこれからひとりだ。正確にはそれ以前、父が入院していた数ヶ月前からここでひとり暮らしをしていたのだけど、これからは本当にひとりきりになる。だから……だけど……自分が何を考えるべきなのかわかっていたが、考えるのを躊躇していた。

「あ、そうだ」

食事の途中で母が席を立った。しばらくして藍《あい》色の箱を持って戻ってきた。

「これ、父さんの机の抽斗《ひきだし》に入ってたの」

五センチ四方くらい、表面に貼られている藍色の紙は光沢《こうたく》がある。高価ではないが見栄《みば》えのする箱だった。

開けてみると、黒いスポンジの上に楕円形のものが収められていた。

「これ、ループタイの金具？」

「そうでしょ？　あんたが父さんに渡したんじゃないの？」

「え？」

ループタイを手に取ってみる。金属の重みを感じた。表面の光沢はガラスのようだった。

だが、見覚えはない。

「わたしじゃない。どうしてそう思ったの？」

「裏を見てよ」

言われるままひっくり返してみる。叩《たた》き込んだような線で文字が刻まれていた。たしかに「いつき」と読める。

「どう？　思い出せない？」

「……わからない」

わからないというのは、記憶にないという意味だった。しかし母はそう受け取らなかった。

「自分が贈ったものくらい覚えておきなさいよ。いいわ、これ持ってって。父さんの形見」

形見。そう言われると妙に重く感じる。いらない、とも言えなかった。

食事を終え、風呂《ふろ》に入り、以前自分の部屋だった六畳間に敷かれた布団に入ってから、またループタイを手に取った。水色と白の模様が蛇行《だこう》する水の流れのようだった。その中を海亀が悠然と泳いでいる。

裏返して刻まれた文字を見る。やはり「いつき」としか読めない。しかしなぜ？　どうしてここに自分の名前があるのか。

あらためて記憶を辿《たど》ってみても、自分がこんなものを父に贈った覚えはない。そもそも贈り物に自分の名前を入れたりしないだろう。結婚式の引き出物でもあるまいし。

考えてみても何もわからない。ループタイを箱に戻して明かりを消した。眼を閉じ眠ろうとする。しかし脳裏《のうり》には葬式の光景がありありと浮かんできて眠気を阻《はば》んだ。読経、線香の香り、喪服、焼香の列、そして「グリーングリーン」の合唱。

父は愛されていたようだ。友人にも生徒にも地域の人々にも。そして母にも。

愛していなかったのは、わたしだけか。

かすかな罪悪感とほのかな嫌悪感が胸の奥で疼《うず》く。わたしはどうして……。

――いつき、さん……。

思わず眼を開けた。思い出したのだ。あの店、そしてあの女性。

そうか、そうだったか。

3

「――わたしが父と一緒にこの店にお邪魔していた頃、ときどき顔を合わせた女のひとがいたんです」

伊月は女性――鏡味《かがみ》敦子という名前だと教えてもらった――に話した。

「年齢はよくわからなくて、でも三十歳くらいじゃないかと思います。きれいなひとでした。背が高くて髪が長くて、いつも白っぽい服を着ていました。父はそのひとと知り合いみたいでした。父とわたしがこの席に並んで座ってると、向かいの席に座ってきて父と話をしてました」

ふたりが何を話していたのか、伊月は覚えていない。子供にはわからない話をしていたのかもしれない。あるいは、子供が知りたくないような話を。

「そのひとが『いつき』さんかね？」

「父が一度、そのひとのことを『いつきさん』って呼んだのを覚えてます」

――いつき、さん。

父からその言葉が出たとき、伊月は「なに？」と尋ねた。すると父は、

——おまえのことじゃないよ。

そう言った。そして目の前の女のひとに何か言った。そのひとは微笑《ほほえ》んでいた。そして

……ああ、思い出した。わたしに視線を向けて、あのひとは言ったのだ。

——あなたも、いつきなのね。

首筋のあたりが、じりじりと熱くなる。あのときも、そんな感じになった。何も言えず、父にしがみついた。父の手が頭を撫《な》でた。いつもなら嬉しかったその感触も、ひどく嫌な感じがした。わたしは父のほうも、女のひとのほうも見なかった……。

「……それに、その女のひとが胸にブローチを付けてたんです。これと同じような、たぶん七宝焼のものを」

やはり楕円形の大きなブローチだった。白い服に映える赤と緑の模様がきらきらと輝いていた。

「ブローチ、ねえ……」

そう言うと敦子は何かを思い出そうとするように首をひねり、

「思い出したわ」

と、手を叩いた。

「伊月さん、あんたまだ時間あるかね？」

「あ、はい。どれくらいでしょうか」

「そんなにかからんと思う。探せば見つかると思うでね。ちょっと待っとってね」

そう言うと店の奥にあるドアを開けて姿を消してしまった。取り残された伊月はアイスの溶けかかったコーヒーフロートを飲みながら待った。

敦子が戻ってきたのは十分ほど経《た》ってからだった。

「遅くなってごめんねえ。歳《とし》取ってまって物覚えが悪なって、どこに仕舞い込んだかすぐにわからんでねえ」

「何が、でしょうか」

「これだて」

敦子が差し出したのは楕円形の金属製品だった。周囲に飛び出ているのは頭と手足と尻尾《しっぽ》。楕円の部分は緑色で六角形の模様が入っている。

「亀、ですね」

「そう、亀の形のブローチ。裏を見てみ」

そう言われて裏返す。

「あ、ここにも『いつき』って刻印が」

「同じひとが作ったもんだわ」

敦子は言った。

「お父さんも、そのひとにもらったんだわ。あんたが言っとる、その女のひとにね」

「誰なんですか」

「名前も覚えとるよ。五木明日香《いつきあすか》さん」

「いつき、あすか……」

名前ではなく苗字《みょうじ》だったのか。

伊月は自分の誤解に少し驚いていた。なんだ、そうなのか。父は「五木さん」と苗字を呼んだだけなのか。

「……その五木さんって、どんなひとなんですか」

「あの頃のうちの常連さんのひとりだわ。常連さんって言っても毎日モーニングを食べにくるほどではなかったけどね。でもコーヒーチケットを買ってくれとったで名前も書いてもらって覚えとったの。きれいなひとでね、たしかどっかに勤《つと》めとったと思うよ」

きれいなひと。たしかにそうだった。初めて会ったとき、伊月は少し見とれてしまったことを思い出した。肌が白く鼻が高く背が高い。日本人だけどテレビに出てくる外国人みたいな顔をしていた。

「ねえ、お父さん、五木さんのこと覚えとる？」

敦子が店の奥に声をかける。

「接客してないから、客のことはあまり知らん」

奥にいるマスターらしい男性が応じた。

「でもたしか、俺も七宝焼のタイピンをもらった。真っ赤な花の蕾《つぼみ》みたいなものが付いているやつだ」

「ああ、あれね。きれいだったわねえ。まだ持っとる？」

「今でも背広を着るときには、時折付けてるな」

「それ、見せてもらえませんか」

伊月が言うと、

「いいけど、今はちょっとここから離れられないしな」

「あ、すみません、勝手なことを言って。だったらいいです」

即座に取り消す。しかしマスターは、不意に上を向いて、

「おい、龍《とおる》」

と声をあげた。

「はあい」

頭上から応じる声がする。階段を下りてきたのは二十歳前後くらいの男性だった。二階に誰かいる気配がすると思ったら、このひとだったのか。

「ちょっと俺の簞笥《たんす》からタイピン持ってきてくれんか」

「赤いやつだね。わかった」

一階での会話を聞いていたのだろう。心得たように応じると、その男性は奥に消えてい

った。

「あの、今のひとは？」

伊月が尋ねると、敦子が答えた。

「孫だわ。龍」

言われれば人好きのする面差《おもざ》しが、どこか似ているような気がする。

龍という孫は程なく戻ってきた。

「これでしょ」

差し出したのはクリップタイプのネクタイピンだった。たしかに一見すると赤い花の蕾のように見える。

「でもこれ、花の蕾じゃないよ。よく見ると赤い中に亀甲《きっこう》の模様が入ってる。これ、亀の甲羅《こうら》だね」

たしかに楕円形の中にある紋様は六角形だった。

「あれ、わたしのブローチと亀でお揃《そろ》いだったかね」

敦子が嬉しそうに言った。

「これ付けるとね、お父さんも洒落者《しゃれもの》に見えるんだて」

「このピンにも『いつき』って刻印が入ってるよ」

と、龍が裏側を見せた。ごく小さくだが、「いつき」と読める文字が打ち込まれている。

「五木さんって女のひと、七宝焼の作家さんなの？」

龍が尋ねると、

「作家さんってわけじゃないけど、作りかたを教える教室に通っとるって言っとったね。こういうのを作るのが好きだって」

敦子が答えた。

「ばあちゃんのブローチ、見せて」

龍は彼女からブローチを受け取ると、

「小川さん、俺にもお父さんの形見、見せてくれませんか」

「あ、はい」

伊月は彼にループタイを渡す。龍はタイピンとブローチ、ループタイの三つをテーブルに並べた。

「俺、こういうのはあんまり詳しくないけど、どれも素人《しろうと》にしてはいい出来だよね。このまま商品にできそうなくらいだ」

龍はそう言いながら七宝焼を見つめる。伊月も三つを見比べながら、

「たしかに、売り物になりそうですね。五木さんって器用なひとだったんだ」

と言った。龍は額に手を当てて考えるような仕種《しぐさ》をしていたが、不意に彼女に訊いてきた。

「小川さんがこの店にお父さんと来ていたのは、正確にはいつ頃ですか」

「えっと……」

伊月は記憶をまさぐる。

「……たしか、わたしが小学校の四年のときだったから……平成九年でしょうか」

「一九九七年ですね。その一年だけですか」

「一年っていうより夏休みの間だけでしたけど。あの夏、母が病気で入院してたんです。父は夏休み中も学校に行かなきゃならない用事があって、でもわたしを家にひとりきりにしておくよりはって学校に連れてきてたんです。そしてここにお昼を食べに来てました」

「ああ、思い出したわ。お父さん、そんなこと言っとったね」

敦子が言った。

「母は二週間くらいで退院できて、わたしも父の職場には行かなくなったんで、こちらにも来なくなったんですけど」

違う、と心の中で訂正する。母の入院は三週間だった。だが伊月が父と一緒に行動することを拒《こば》み、ひとりで家にいるようになったのだ。あのひとに会いたくなくて。なのに今、わたしはあのひとを探している。

「ばあちゃん、五木明日香さんはいつからいつまで店の常連だったの？」

龍は今度は敦子に尋ねる。

「そうだねえ……ちょっと待っとって」

敦子はカウンターの下にある棚から何冊かの古いノートを抜き出して、テーブルに置いた。

「これ、コーヒーチケットを買ってくれたお客さんの名簿。名前を書いて、いつチケットを買ってくれたか記録しといたの」

「どれどれ……あいうえお順にまとめてある。ばあちゃんって几帳面《きちょうめん》だな……あ、あった五木明日香。一番最初にコーヒーチケットを買ったのが平成七年……一九九五年の四月か。小川さんが会う二年前だね。最後が……平成十年七月。三年とちょっとくらいなんだ。だとすると……」

ぶつぶつ呟《つぶや》いていた龍は、不意に階段を上がって二階に行ってしまった。何か上で話しているようだ。他に誰かいるのだろうか。

しばらくして戻ってきた彼は、スマホを取り出し何か操作をしながら、

「小川さんは、五木明日香さんに会いたいんですか」

と尋ねてきた。

「え……」

どう答えたらいいのか、すぐに言葉が出なかった。

「……それは……」

「もし会いたいのなら」

龍は自分のスマホを彼女に差し出した。

「ここに行ってみると、もしかしたら会えるかもしれません」

4

名鉄瀬戸《せと》線瓢箪山《ひょうたんやま》駅の改札を出て北へ五分ほど歩いた。目指しているところにあったのは、ごく普通の二階建て住宅だった。

伊月は玄関の前に立つ。御影石《みかげいし》のブロック塀に「遠見《とおみ》」と刻まれた表札が掛かっている。その下にはステンドグラスのように様々な色が鏤《ちりば》められた金属製のプレートが掛かっていた。

『とおみ七宝教室』

このプレートも七宝焼でできたものらしい。

インターフォンの呼び出しボタンを押そうとして、伊月は少し躊躇する。会って何を話すべきなのか。そもそも自分はどうしたいのか。答えが出ていないまま、ここに来てしまった。

それでも。

伊月はボタンを押した。

——はい？

すぐに返事があった。

「あの、ご連絡を差し上げた小川です」

——あ、はいはい。少しお待ちくださいね。

送受器が掛けられる音がして、沈黙する。しかしすぐに玄関のドアが開いた。

出てきた女性を眼にした瞬間、龍の言葉が間違っていなかったことを知った。あのひとだ。

そしてもうひとつ、気付いたことがあった。

「あの、もしかして父の葬儀にもいらしてましたか」

「ええ、伺いましたけど……」

女性はかすかに首を傾《かし》げる。伊月は続けて尋ねた。

「歌を、歌われてました？」

「はい」

女性——五木明日香、いや、今は遠見明日香だろうか——は恥じらうように頷く。

「お葬式の場を騒がしてしまって申しわけありませんでした。どなたかが歌いはじめたのを聞いて、どうしても歌いたい気持ちになってしまって。さぞやご迷惑だったろうと、後になって恥ずかしくなりました」

「いえ、母は感激してました。あんな素敵な見送りはないって」

「そう言っていただけたなら……あ、立ち話も何ですね。お入りください」

明日香に誘われ、家に入る。玄関の壁に大きな亀の絵が掛けられていた。

「これも七宝焼ですか」

「ええ。わたしが作った中で一番大きな作品です」

甲羅をカラフルに彩《いろど》られた亀は魚やザリガニと一緒に川の中を泳いでいる。川底の石もきらきらと輝いていて、色彩豊かな作品だった。

「亀が、お好きなんですか」

「好きです。大好き」

明日香は素直に言った。

七宝焼の作品は、通された応接室にもいくつか展示されていた。絵や壺《つぼ》、装身具もある。じっくり見てみたい誘惑に駆《か》られたが、我慢してソファに腰を下ろす。

明日香は一度部屋を出て、紅茶の道具を持って戻ってきた。銀のトレイに載せられたポットも様々な色で飾《かざ》られている。

「このポットも、ですか」

「ええ。しつこいくらいでしょ。夫にも時々言われます。『この家は七宝焼の美術館みたいだな』って。そんなつもりはないんだけど、いろいろと作っちゃうものだから」

微笑みながら明日香は言う。

あのときと同じだ。伊月の記憶にある彼女は今よりずっと若いが、笑顔は変わらない。

「……いただきます」

ティーカップを手に取る。これはさすがに七宝焼ではないようだが、白地に花柄があしらわれた磁器で、ポットとの相性もよく見える。

「五木さん……いえ、遠見さんは父の教え子だったんですか」

紅茶を一口啜ってから尋ねた。

「中学で音楽を教えてもらってました。それと合唱部でも。もう三十年以上も昔のことになりますけど」

「そうですか」

頷いたが、その先が続かない。訊きたいことをどう尋ねたらいいのかわからなかった。

「あの、失礼ですけど、どうやってここをお知りになられたのですか」

逆に明日香から訊かれた。

「電話で連絡をいただいたときには、芳名帳に記入した住所からお調べになったのかなと思ったんですけど、今のご様子だとわたしがお葬式にお邪魔したこともご存じではなかったみたいなので」

「ええ、申しわけありませんけど、葬儀のときには気付いてませんでした。こちらのことがわかったのは……彼のおかげです」

「彼？」

聞き返され、伊月は思わず微笑んだ。

「若い探偵さんです」

「最初に『五木明日香』という名前で検索をしてみました」

喫茶ユトリロで伊月の向かいの席に座った龍が話しはじめた。

「結果はゼロでした。まあ、ネット検索で名前が出てくるひとは限られているから、当然でしょうけど。でももしかしたら結婚して姓が変わっているかもしれない。なので『明日香』で検索を掛けたんですが、今度はヒットする項目が多すぎて見つけられませんでした」

龍はスマホのディスプレイを見せた。「明日香」で検索をした結果が出ている。「約25,000,000件」とあった。たしかにこれでは探しきれないだろう。

「もう少し条件を絞ったほうがいいと思って、『明日香　七宝』で検索してみました。もしも明日香さんが今でも七宝焼をしていたら、何かしら情報がネットに上がっているかもしれないと思ったからです」

「なるほど、それでどうでした？」

伊月が尋ねると、龍は小さく首を振った。

「駄目《だめ》でした。この条件でも五万件ヒットしたんですが、ざっと見たところ明日香という名前の七宝焼を作っているひとは見つかりませんでした。でももうひとつ、明日香さんを探す手がかりがあります。それがこのノート」

龍は敦子が付けていたコーヒーチケット購入者記録を指差した。

「五木明日香さんは平成七年から十年の約三年間コーヒーチケットを購入して、つまり常連として通っていました。その間のことを水野《みずの》さんに訊いてみました」

「水野さん？　どなたですか」

「うちの常連さんです。今、中二階にいます」

どうやらその人物が上で龍と話していた相手らしい。

「小川さんがここで話していた五木明日香さんのこと、俺にも水野さんにも聞こえていました。それで水野さんが言ったんです。『そのひとのことなら知ってる』って」

「ほんとですか」

「水野さんは当時靴屋《くつや》さんを営《いとな》んでいました。そのお店の隣に建っていたアパートに明日香さんが住んでいたんだそうです。喫茶ユトリロの常連同士って縁もあって、店で靴を買ってくれたりしたこともあったそうです。言葉も何度か交《か》わしていたみたいです。だからもしかして明日香さんの消息を知らないかなって思って訊いてみたんです」

「それで、どうでした？」

「ある日、明日香さんが水野さんの店にやってきて、今度引っ越すことになったと挨拶《あいさつ》をしたそうです。水野さんが『もしかして結婚かね？』と尋ねたら、恥ずかしそうに頷いたらしいです」

「結婚相手は？」

「それは訊かなかったそうです。でも水野さんの話によると明日香さんが最後に店にやってきて引っ越しの報告をしたのは平成十一年の十月のことだったそうです。気になりますよね」

「え？　何がですか」

伊月にはすぐにわからなかった。龍は続けて言う。

「ユトリロのコーヒーチケットは平成十年七月を最後に買わなくなった。つまり常連ではなくなった。でも引っ越したのは翌年の十月。その間、明日香さんはコーヒーを飲まなかったんでしょうか」

「それは……自分の家で飲むようになったとか？」

「生活習慣が変わったから喫茶店に行かなくなった。それも考えられます。でも、もしかしたら他の店に行くようになったのかもしれない。そう思って水野さんに訊いてみたら、ちょうどその頃に近所に新しい喫茶店ができたそうです」

「ああ、知っとるよ」

敦子が頷いた。

「水野さんの店の三軒隣だったかね。店の名前はたしか……」

「モッキンバード」

店の奥から男性の声がした。

「ああ、それそれ。お父さん、よう覚えとったね」

敦子は納得したように頷く。

「カントリー風のおしゃれな店でね、メニューもシフォンケーキとかあって女性客に人気だったねえ。たしかに五木さんみたいな若いひとには、あっちのほうがよかったんだろうねえ。マスターが若くてハンサムだったしねえ。うちの客もぎょうさん取られてまって、あの頃は大変だったわ」

「ばあちゃん、結構詳しいね。その店に行ったの？」

龍が訊くと、敦子は少し慌てたように、

「敵情視察しただけだて。うちもあんな小ぎれいな店にしたほうがええかなって。お父さんが反対したで、できんかったけど」

「あの店は、二年で潰《つぶ》れた」

また店の奥から声が聞こえた。

「ちょっと場所が悪かったもんねえ。でも潰れたんじゃなくて別のところに引っ越したって聞いたよ」

「そう、引っ越したみたいだね」

龍が話を引き継ぐ。

「名古屋のモッキンバードという喫茶店をネットで調べてみたら、金山《かなやま》に一軒あった。電話してみたらマスターが出てくれて、たしかに一時期名古屋駅の近くで店を開いていたと答えてくれたよ」

「ほうかね。今でもちゃんとやっとるかね」

「うん。それでね、その頃の店に五木明日香というひとが客として来てなかったかって訊いたら、たしかに来てたって」

「あらまあ、龍の考えたとおりだったかね。すごいねえ」

敦子が感心したように、

「でも店のひとも、よう昔の客のことを覚えとったねえ。向こうでもコーヒーチケットの記録でも取っとったのかしらん」

「そうじゃないみたい。でも」

龍は言った。

「五木明日香さんのことは絶対に忘れないって」

「そりゃあ忘れませんでしょうねえ」

明日香は笑った。

「主人はどっちかというと物覚えの悪いほうですけど、自分の妻のことは忘れないでしょう」

伊月もつられて笑う。

「ご主人とは喫茶店でお知り合いになったんですね」

「最初はマスターと客としてね。近くにモッキンバードができてすぐに覗《のぞ》きに行って、好みのお店だったからそっちに移っちゃったんです。正直言ってコーヒーの味はユトリロさんのほうが上だったんですけどね」

「そしてお付き合いをされるようになったと」

「腕はまだまだだったけど、誠実なひとだと思いましてね。でも店の立地も悪かったこともあって、最初の頃はともかく、すぐに客足が遠のいてしまったんです。それであのひと弱気になって、もう店を畳《たた》むって言い出して。そのときにわたし、言ったんです。やめるのは簡単だけど、どうせならもう一度場所を変えてチャレンジしてみたらって。あなたの作るシフォンケーキは絶対に美味しいし評判になるからって ね。わたしも手伝うから頑張れって」

「それはプロポーズ、ですか」

「そのつもりはなかった、とは言えないわね。おかげで勤めてた会社を辞めて新店舗の開店のために東奔西走させられたの。大変だった。しばらくは店を軌道に乗せるために夫婦ふたりでがむしゃらに働きました。メニューを何度も作り直したり内装をいじったり。でも小手先のやりかたじゃ駄目だってわかりました。結局一番大事なのはお客さんとちゃんと向き合うことなのね。それがわかってからはずいぶんと楽になりました。常連さんもできたし。それで三年前、わたしはお役御免《ごめん》。好きなことをやっていいよって言われて、この教室を開いたんです」

「優しいご主人ですね」

「本人が好きなことをして生きていきたいタイプだから、わたしがやりたいことに反対はできないって。おかげで小川先生との約束が守れました」

「父と？　どんな約束ですか」

伊月が尋ねると、明日香は何かを思い出すように窓へと眼を向けて、

「中学のホームルームの時間だったかな、みんなの前で『将来の夢』について話さなきゃならなくなったんです。でもわたし、何も思いつかなかった。それで小川先生に相談したんです。自分がやりたいことがわからない。だから将来の夢なんか話せないって。そした

ら先生は『君が絶対に嫌なことはある?』って訊かれたんです。わたしそのとき少し考えて、母みたいになりたくないって答えたの。わたしの母は高卒だけど本当は大学で英語の勉強をしたかったそうです。でも親の反対で大学に行けなくて、会社の事務員をしてました。そしてお見合いで父と出会って結婚して家庭に入って、それからはずっと専業主婦だったんです。本当は大学に行きたかった、勉強したかったたって、子供のわたしにも何度も言いました。したいことをさせてもらえなかったって愚痴《ぐち》ばかり。わたし、そんな母の愚痴を聞かされるのがあんまり好きじゃなかった。だから母みたいになりたくないって先生に言ったんです。そしたら先生、『だったらそう言ってみたら? お母さんみたいになりたくないって』なんて言ったんですよ。ちょっとひどくないですか。そんなことをクラスのみんなの前で言ったら、完全に親不孝者の烙印《らくいん》を押されちゃうじゃないですか。そう言い返したら先生が言ったんです。『君が本当に嫌だと思っているのは、後悔《こうかい》から抜け出せなくて自分の未来も閉ざしてしまうような生きかたをすることじゃないの?』って」

紅茶を一口。喉《のど》を潤《うるお》してから明日香は続けた。

「主人と結婚して一緒に店を続けようと思ったのは、わたしの本心だった。あのままモッキンバードが潰れるのも彼と会えなくなるのも嫌だったから。後悔で終わるような生きかたをしない——それが小川先生と交わした約束。迷ったら後悔しないほうを選んで生きていくことがわたしの夢——中学のホームルームでそう言ったときから、これがわたしの行動原則です。だからその選択は間違ってない。でもね、わたしにはもうひとつやりたいことがあった。これです」

カップに添えられたスプーンを手に取る。その柄《え》にも七宝焼の赤い色が施《ほどこ》されていた。

「軽い気持ちで入った七宝焼教室でこの色と輝きに魅入《みい》られちゃってから、ずっと虜《とりこ》なの。こんなにきれいなものを自分の手でも作りたいって。主人と結婚してモッキンバードで働いていたときも、暇を見ては作ってました。でも正直、片手間にやってるだけじゃ物足《ものた》りなかった。もっとしっかりしたものを作りたい。そういう気持ちがずっと心の底に溜《た》まってた。この気持ちに蓋をしておくのは、小川先生との約束を違《たが》えることになる。そんなわたしの気持ちを主人も気付いてたんでしょうね。ある日言われたんです。『店員を雇《やと》うことにしたから、君は自分のやりたいことをすればいいよ』って。だからわたしは七宝焼に専念することができたんです」

伊月は明日香の話を相槌《あいづち》も打たずに聞いていた。

「ごめんなさい、わたしの思い出話ばかりしてしまって。ところで伊月さん、あなたが子供の頃に会ったことがあるけど、覚えてないわよね」

「覚えてます」

伊月は即答した。

「覚えていたから、今日ここに伺いました」

バッグから父のループタイを取り出し、テーブルに置く。それを手に取った明日香は懐かしそうに見つめる。

「よく覚えてる。先生に差し上げたの」

「いつですか」

「結婚を決めたとき。久しぶりにユトリロに行って、そこで渡したんです。先生とても喜んでくださって、大事にするって仰《おっしゃ》ってくれました」

「大事にしてました」

「そう、よかった」

明日香は微笑んで頷く。伊月はここに来て訊こうと思っていたことを、思い切って尋ねた。

「父は、どんな人間でしたか」

「いい先生でした」

明日香は答える。

「生徒の気持ちをよく考えてくださって、優しくて、ユーモアもあって、教えかたも上手でした。ハンサムだったし、女子には特に人気があったかな。わたしも大好きだった」

「大好き……」

「ええ」

明日香は屈託《くったく》もなく、

「今でも大好きです、先生のこと」

5

伊月が再び喫茶ユトリロを訪れたのは、翌日の午前八時過ぎだった。

「いらっしゃい。あれ、今日は早いね」

店に入るなり敦子に声をかけられた。

「モーニングいただきに来ました」

「ほうかね。じゃあ……」

と、その声に促《うなが》されるように一番奥の席でこちらに背を向けて座っていた人物が立ち上がった。龍だった。

「あ、すみません。ここ、どうぞ」

彼は自分が座っていた席を勧《すす》める。

「いいんですか」

「もちろん。俺は客じゃないんで」

「さっきまで榊原《さかきばら》さんと話しとったんだわ」

敦子が言った。榊原というのがどんなひとだか知らないが、たぶん常連客なのだろう。龍は大学生くらいの年頃だが、店の手伝いでもしているのだろうか。

「モーニングの飲み物は何がいい？」

敦子が訊く。

「あ、ホットをお願いします」

「はいはい。ワンホットね」

敦子は水のコップとお絞りを置いてカウンター奥のマスターに注文を通すと、

「まだ名古屋におるんかね？」

と尋ねてきた。

「明日、帰ります。母親のことも放《ほう》っておけないけど、仕事もありますし」

「大変だねえ」

「でも今日は自由行動することにしました。久しぶりに名古屋のあちこちを見て回ろうかなって。今はテレビ塔、上れないんですよね？」

「改修工事しとるでね」

「丸栄《まるえい》もなくなっちゃったって」

「惜《お》しいけど。中日《ちゅうにち》ビルも閉館したわ」

「何もかも変わっていくんですねえ」

伊月は感慨《かんがい》を洩《も》らす。

「味噌煮込みの固さもわからなくなるわけだわ」

「味噌煮込み？」

龍が聞き返してきた。

「この前伺ったとき、お昼にそこの地下街の山本屋《やまもとや》本店で味噌煮込みをいただいたんです。でもわたしが昔に食べてたのよりうどんが固い感じがしたんですよね」

「味噌煮込みのうどんは、固いわね」

敦子が言う。

「前に東京から来たひとが知らずに食べて『まだ煮えとらん』って店のひとに怒ったって話を聞いたわ」

「ええ、味噌煮込みの麺は固めだってことは、わたしも知ってます。でも記憶してるのよりもっと固いかなって。食べたのは小学生の頃だったから、あんまり信用できない記憶ですけど」

「子供の頃も山本屋で食べたんですか」

龍がさらに尋ねてきた。

「えっと……違うと思います。父に連れていかれたのは、別の名前だったような……上前《かみまえ》津《づ》あたりだったと思うんですけど」

「上前津ね。だとしたら……」

龍は何か考えているようだったが、ふと顔を上げて、

「そういえば、明日香さんには会えましたか」

と訊いてきた。

「はい、おかげさまで。今日はそのお礼も言いたくて来ました。龍さんのおかげで少しだけ、わだかまりが解《と》けたような気がします」

「少しだけ、ですか」

龍に重ねて訊かれた。

「お父さんのこと、まだ許せてないんですか」

はっ、とした。

「……どうして……？」

父への気持ちは誰にも話していないのに。

「すみません。小川さんが明日香さんのことを突き止めたかったのは、お父さんに何か打ち解けられない気持ちがあるのかなって。俺も、そういうところがあったから」

「あなたも？　お父さんにですか」

「この子、自分の父親となかなか話せんでね」

敦子が言った。

「この前やっと、電話したんだわ。それも泣きながらねえ――」

「俺のことはいいからさ」

龍は恥ずかしそうに祖母の話を遮《さえぎ》って、立ち上がる。そして伊月に言った。

「今日、自由行動されるんだったら、よかったらお昼を一緒に食べませんか」

「お昼ですか。別にいいですけど。何を食べましょうか」

伊月が尋ねると、龍は答えた。

「味噌煮込みです。小川さんの思い出にある味噌煮込み」

6

その店は地下鉄上前津駅から西に歩いて七、八分ほどのところにあった。少し年代がかった趣《おもむき》のある店構え。黒い暖簾《のれん》に白抜きで「一八《いっぱち》本店」と記されている。

「思い出しました。ここです」

店が見えるなり、伊月は言った。

「やっぱりね。ここも老舗《しにせ》で有名な店なんですよ」

「龍さん、味噌煮込みに詳しいんですか」

「味噌煮込みだけに詳しいってわけじゃないんです。いろいろと事情があって名古屋の食べ物の情報に詳しくなっちゃって。ここも前に取材でお邪魔したことがあります」

店に入るとテーブル席に座った。座敷席もあり、二階もあるようだ。

「俺はみそ煮込定食にしますけど、小川さんは何にします？　ここだと旗本《はたもと》みそ煮込っていうのが有名らしいんですけど」

「あ、じゃあ、それで」

向かい合わせの席で待つことしばし。何か話すべきかと思うが、何を話したらいいのかわからない。思いあぐねて、つい尋ねた。

「どうして泣いたんですか」

「え？」

「電話で。お父さんと話をしたとき」

「あ、ああ。泣くってほど大袈裟《おおげさ》じゃないんだけど」

龍は照れながら、

「この前、ひとつ大きな決断をしたことがあって、それを父親に報告したんです。俺と父親、最近あんまり話をしてなくて」

「喧嘩《けんか》したんですか」

「喧嘩、でもないかな。再婚したんです、父親。あ、でも再婚相手と仲が悪いとか、そういうことじゃないんですよ」

龍はあわてて弁明しながら、

「ただ父親は新しい家庭を作ったんだから俺は邪魔しちゃいけないかなって、そんな気がしてたんです。そういう遠慮《えんりょ》は駄目だってみんなに言われたけど、たしかにそうだろうとは思うけど、でもなんか、気が抜けなくて。それに父親は結構頑固《がんこ》で一度決めたことは続ける人間だったから、俺が決めたことを許してくれないかもしれないって思って。だから電話するとき、ものすごく緊張したんです。だけど俺の話を聞いて『おまえが決めたことなら大丈夫だ』って言ってくれて『どうしようもなくなったら帰ってこい。ここはおまえの家だ』って。それでほっとしちゃって、つい泣きそうになったわけで」

　恥じらうように言うその表情が、まだ二十歳《はたち》そこその若者らしくて、伊月はつい笑ってしまう。

「あ、ごめんなさい。あなたのことを馬鹿にして笑ったわけじゃないの」

「わかってます。笑っちゃいますよね、こんな話」

　顔を赤くした龍が言う。

「でも……だから小川さんも、笑っちゃえばいいと思いますよ」

　それはどういうこと、と尋ねようとしたとき、注文した料理がテーブルに届いた。

　伊月の前に置かれたのは広口の土鍋にうどんの他、蒲鉾や油揚げや葱、椎茸《しいたけ》などたくさんの野菜が載せられたもので、さらに野菜の天ぷらも付いてきた。なるほど、旗本が食べるような豪勢な煮込みうどんということか。

「じゃあ、いただきます」

龍が手を合わせたので、伊月も従う。うどんを箸で引き上げ、付いてきた小鉢に移して息を吹きかけて冷まし、口に入れる。味噌の香りと味わいが舌と鼻に広がった。

「……あ」

うどんを噛んだ瞬間、わかった。これだ。

普通のうどんよりはずっと固い。でもこの食感は、記憶にあるあのうどんだ。

続けてうどんを食べ、汁を啜る。そうだった。こんな味だった。嬉しくなった。

ふと顔を上げる。向かいの席で龍が食べている。そちらの土鍋は小振りで、山本屋のものに近かった。蓋も付いていて、龍はそれを器にしてうどんを載せ啜っている。

「……うん、美味しい……」

嬉しそうに呟きながら頷いている。

いいな、と思った。とてもいい表情だ。食べる喜びが全身から湧《わ》きだしているような笑顔だった。

その姿を見て、伊月も思わず微笑む。それから、はっとした。

父の姿を思い出した。父もあんなふうに嬉しそうに味噌煮込みを食べていた。そして自分は、そんな父親のことが……。

「味噌煮込みうどんって、店によって全然違うんですよね」

食べながら龍が言った。

「この一八って、明治時代から営業してる老舗なんですけど、他にも暖簾分けして一八って名前のうどん屋さんがいくつかあったそうです。でも時代を経《へ》て店ごとにいろんな工夫《くふう》をしていくようになって、麵の固さも汁の味も全然違うものになっていったそうです。どれが正しいかってことはないんです。それぞれのお店が一番美味しいと思う味噌煮込みを作っている。それを『味噌煮込みはこうでなきゃ』みたいな思い込みで批判するのは違うんじゃないかなって……あ、これはネットのグルメレビューについての俺の感想です」

「はあ」

「でも、思い込みって、厄介《やっかい》ですよね。一度疑っちゃうと、自分では簡単に拭《ぬぐ》えない。もしかしたらって気持ちが消えなくて、自分でも苦しくなる」

「それって……わたしのことを言ってるんですか」

伊月が尋ねると、龍は箸を置いて、

「間違ってたらごめんなさい。お父さんのこと、疑ってたんじゃないですか」

やっぱり見抜かれていたのか。だったらちゃんと話そう。

伊月は箸を置き、話しはじめた。

「……ユトリロで明日香さんに会ったとき、父が『五木さん』って声をかけたんです。その呼びかけが自分のことだと思って『なに?』って聞き返したの。そしたら父は『おまえのことじゃないよ』って。そのときわたし、泣きそうになった。わたしはいつきなのにいつきがわたしのことじゃない。父さんは他のひとをいつきって呼んだ。わたしより、きれいなひとを……きっと、父さんはわたしより、あっちのいつきのほうが好きなんだ。そう思ったのね。今から考えると幼稚《ようち》な嫉妬《しっと》だったと思う。でもずっと、その幼稚な嫉妬から逃れられなかった。そのせいで父とぎくしゃくして……きっと父さん、どうしてわたしが自分のことを避《さ》けてるのかわからなかったでしょうね。わたしだって、こんな些細《ささい》なことでなんて恥ずかしくて言えなかったし」

「明日香さんに会おうとしたのは、その嫉妬心に決着をつけるためだったんですか」

「そこまではっきりと考えていたわけじゃないと思います。ただずっと引きずってきた気持ちを晴らせないかなって」

「明日香さんに会って、少しはわだかまりが解けたって言ってましたね」

「そう、少しは、ね。明日香さんはいいひとだった。父のことを尊敬してくれて、慕《した》ってくれてた。父のおかげで思っているとおりに生きることができたって感謝してた。父のことを大好きだって言ってくれた。なのに……いいえ、だからこそ、わたしは自分を許せなくなったの。明日香さんみたいに素直に、父のことを考えればよかった。ちゃんと謝って、自分の思っていたことを正直に話せばよかった。でももう、それはできないの。わたしは失敗したまま、この先も生きていかなきゃならない」

泣きそうになるのを堪《こら》えた。

「いっぱい失敗してください」

龍が言った。

「あ、これ、俺の言葉じゃないです。あるひとに言われたんです。いっぱい失敗しろって。どんなに失敗しても、人間ずっと失敗したままじゃ終わらないからって。いけないのはいつまでも失敗を引きずって立ち上がらないことだって」

——後悔で終わるような生きかたをしない。それが小川先生と交わした約束。

「同じようなことを明日香さんにも言われたわ。それは父との約束だって」

「そうですか。じゃあそれは、小川さんとお父さんとの約束でもあるんじゃないかな」

不意の言葉に堪えていた涙が溢《あふ》れた。

「……ごめんなさい」

あわててハンカチを取り出し目頭を押さえる。龍は伊月が落ち着くまで待っていた。

「……父さんとの約束ね。そうか」

ある日パパとふたりで
語り合ったさ

　この世に生きるよろこび
　そして悲しみのことを

あの歌を思い出す。

今からでも父さんと語り合えるだろうか。

話を、聞いてくれるだろうか。

「ひとつ、たしかなことがあります」

龍が言った。

「御飯が美味しく食べられたら、たいていのことはうまくいきます」

「楽天的ね」

泣きながら、伊月は笑った。

「でも、事実かも」

「そう。そして事実、この味噌煮込みは美味しい」

「うん、美味しい」

「食べましょう」

「ええ、食べましょう」

伊月は龍と笑顔を交わし、少し冷めた味噌煮込みを口に運んだ。

第3話

ひきずりと好き嫌いの謎

1

やっぱりマスクは苦手だ、と平山萌《ひらやまもえ》は白い不織布《ふしょくふ》に覆《おお》われた顔を顰《しか》めた。自分の息が遮《さえぎ》られて口と鼻の周辺に籠《こ》もるのも気持ち悪いし、ずっと掛けていると耳が痛くなる。名古屋駅西の太閤通口から外に出ると、思わずマスクを外して深呼吸した。提《さ》げていたトートバッグに付けているアヒルのマスコットが揺れる。

「いい？　人込みの中におる間は絶対にマスクを外したら駄目だでね」

家を出るとき、母がしつこく言ったのを思い出す。

昔から神経質で、萌が小さな怪我《けが》をしたり発熱するたびに大騒ぎをして病院に駆け込んだりしていた。治療を薬をと騒ぐ母の様子に苦笑する医者や看護師を見て、子供心に恥ずかしくなったことも何度かある。

しかし、それも致し方ないことかもしれない。母は子供の頃《ころ》、弟を肺炎で亡くしている。

そのときのことが頭から離れないのだろう。

そんな母親に育てられながらも、萌はいたって鷹揚《おうよう》な人間になっていた。多少の怪我は気にしないし、熱があっても外へ遊びに出ていた。その性格は今でも変わらない。だから今回の感染騒ぎも、そんなに神経質にならなくてもいいのにと内心では思っている。それほど深刻な病気でもないようだし、まだそんなに広がっているわけでもないのに、と。

とはいえ、一昨日《おととい》の三月十一日に、名古屋でもいくつかの集団感染があったと報道された。用心に越したことはないのかもしれない。萌はマスクを掛け直した。

あらためて周囲を見回す。マスクを着けているひとは、思ったほど多くはない。半数以下だろうか。人出は……そもそも駅西に来たことがないから普段より少ないのかどうかわからない。見たところ、それほどの危機感は漂っていないようだ。花のような形の白い噴水のまわりにも何人かいるし、点在する円柱形の腰掛けにも座っているひとがいる。

萌は腰を下ろしている中のひとりに眼《め》を向けた。かなりの高齢らしい女性で、ライトグレイのダウンコートにオレンジのマフラーをして、同じくオレンジのニットキャップを被《かぶ》っていた。かなりのおしゃれに見える。マスクはしていない。萌のいるところからはその女性の横顔しか見えないが、じっと眼を閉じ、身動きひとつしない。

大丈夫だろうか、と萌は不安になった。歳《とし》が歳だし、具合でも悪くなって座り込んでいるのではないか。あるいは認知症で徘徊《はいかい》して疲れ果てているのではないか。十五年前にやはり長い介護生活の末に亡くなった曾祖母《そうそぼ》のことを思い出して気持ちがざわつく。

その女性に近付いてみた。やはり動かない。まさか、息をしていないとか。

「あの……」

声をかけてみた。ぴくり、と女性の頭が動く。その反応に萌のほうがたじろいだ。

女性は眼を開け、怯《ひる》んでいる彼女に顔を向けた。深い皺《しわ》の間にある眼には力が感じられる。我を見失っているようには見えなかった。

「はい、なんでしょ？」

女性のほうが問いかけてきた。

「あ……あの、いえ、じっとしていらっしゃるので具合でも悪いんじゃないかって思って、その……」

しどろもどろに言い訳すると、女性はにっこりと微笑《ほほえ》み、

「心配してくださったかね。ありがとね。でもね、どっこも悪うないの。ちいっとばっか、話をしとったんだわなも」

「話、ですか。どなたと？」

「稲造《いなぞう》さん」

「いなぞう、さん？」

「わたしの旦那《だんな》さん。二十年も前に亡《のう》なっとるけどね」

そう言ってから、女性は付け加えた。

「別にわたし、ボケとれせんでね。ちゃんとお父さんが亡なったの、わかっとるし」

「ああ、はい」

「ここでこうしとるとね、昔を思い出すんだわ」

女性はビックカメラのあるあたりに眼を向けた。

「終戦のときにはここは焼け野原で、なあんにもあらせんかった。戦争から帰ってきた稲造さんとふたりで、これからどうしようしゃんって途方に暮れたもんだわなも。それでもバラックを建てて商売を始めて、毎日なんとか食べとった。そんときのことを、ここで稲造さんと話しとるんだわなも」

「それは……心の中のご主人と、ってことですか」

「当たり前だがね。幽霊じゃあるまいし」

女性は微笑んだ。

「今はこんなに立派な建物も建って、人もようけおるし地下街はあるし、昔の面影《おもかげ》は全然あれせん。でもね、土地は変わらんの。土地は昔のまんま。ここに生きとったひとも、その頃のまんまここにおるんだわなも」

「はあ」

間の抜けた相槌《あいづち》を打ってしまった。言わんとしていることはわかるような気もするが、今ひとつ摑《つか》みきれない。このひとの年齢のせいなのか、それとも喋《しゃべ》りかたのせいか。

「あんたは、名古屋のひとかね?」

また女性に尋《たず》ねられた。

「あ、はい。御器所《ごきそ》に住んでます」

「御器所のどこらへん?」

「尾陽《びよう》神社の近く、って言ってもわかりませんよね」

「ああ、あすこかね。よおわかるよ。女学校のときに仲良かった子があのあたりに住んどったわ。たしか……徳子《とくこ》さん、だったかね。平山徳子さん」

「え」

萌は思わず声をあげた。

「それ、わたしの曾祖母の名前です」

「あれまあ、じゃああんた、徳子さんの曾孫《ひまご》さんかね?」

女性が眼を丸くする。

「なんとまあ、奇遇だわねえ。神さんの思《おぼ》し召しかしゃん。あんたが徳子さんの? まあまあ」

女性は感激している。

「徳子さんはたしか、養鶏場に嫁《とつ》いどったねえ。まだご存命かね?」

「いえ……十五年前に亡くなりました」

「ほうかねほうかね。しかたないねえ。知り合いはみいんな逝《い》ってまった。わたしだけがまだ生きとる……だけど、徳子さんの曾孫さんにこんなところで会えるとは思わなんだわ。ありがたいねえ」

女性は拝《おが》むように何度も頭を下げた。

「わたしもこんなことがあるなんて、不思議です。あの、失礼ですけどお名前を教えていただけませんか」

「わたし？　鏡味です。鏡味千代《ちよ》」

「千代さん……あの、千代さんはこのあたりに住んでいらっしゃるんですか」

「そうそう。こっちのほう」

と、西を指差す。

「ちょこっと歩いたとこだわね。今日は買いもんに来たんだわ。今は座って待っとったんだわなも」

「待ってたって、誰《だれ》かお連れさんがいるんですか」

だったら心配して声をかけなくてもよかった。いや、声をかけなかったらこんな奇遇に気付かずに過ぎてしまっただろう。不思議なものを感じながら萌は尋ねる。すると千代はにこやかに笑って手を振りはじめた。

「こっちだて。こっち」

どうやら自分の背後にいる誰かに合図をしているらしいと気付いて、萌は振り返る。

「お待たせ」

そう言って近付いてきたのは大学生くらいの男性だった。やはりマスクはしていない。

近くにいる萌を見て不思議そうな顔をした。

「この方、わたしの知り合いの曾孫さんだそうだわなも」

千代が紹介した。あわてて萌は頭を下げる。

「どうも、あの、平山です」

「あ、どうも。鏡味龍《とおる》と言います。もしかして、ひいばあちゃんと待ち合わせしてたんですか」

「いえ、そうじゃないんです」

萌は今し方の出来事を話した。

「へえ、それはまた奇跡みたいな話ですね」

「ほんとうに。わたしもびっくりしました」

「きっと、徳子さんが引き合わせてくれたんだわなも」

千代は何度も頷《うなず》く。

そうかもしれない、と萌は思った。亡くなる前はほとんど意識がなく意思疎通もできなかった曾祖母だったが、あるとき不意に眼を覚ますと掠《かす》れた声で歌のようなものを切れ切れに口ずさみはじめた。かすかに聞き取れた歌詞からすると「早春賦《そうしゅんふ》」のようだったが、元気なときでも曾祖母が歌うところを見たことがなかったので意外だった。歌はしばらくして途切れ、それきり眠ってしまったようだったが、あのときの掠れた声は忘れないでいる。今日は早春というには暖かすぎるが、あの歌声と今日の邂逅《かいこう》は繋《つな》がっているように思えた。脈絡もない思いつきだが、そんな気がする。

「そろそろ帰ろうか」

龍が促《うなが》し、千代が立ち上がるのを手助けした。そして萌に言う。

「もしお時間があったら、うちにいらっしゃいませんか。もう少しひいばあちゃんとお話してくれたら嬉《うれ》しいんですけど」

「あ……ごめんなさい。そうしたいんですけどわたし、行きたいところがあって」

心苦しかったが、今日は大事な用件がある。寄り道をしている暇はない。ついでだから訊《き》いてみよう。

「あの、このあたりにユトリロって喫茶店《きっさてん》、ありませんか」

「え？」

龍がきょとんとした顔になる。

「……ええ、ありますけど」

「どのあたりか教えていただけませんか。そこに行きたいんです」

「ほうかね、あんた、ユトリロに行きたいんかね。それはよかったわなも」

千代の顔がほころぶ。

「え？　よかったって？」

「案内しますよ」

龍が代わりに言った。

「喫茶ユトリロ、すぐ近くです」

2

「びっくりしました」

萌は正直に言った。

「まさかまさか、ユトリロの方だったなんて」

「わたしが稲造さんと一緒にこさえた店だわなも」

そう言って千代は、テーブルに置かれたアイスコーヒーの横にゆで玉子の載った小皿を添えた。

「まだモーニングの時間ですか」

「違うて。これはサービス」

そう言って千代は微笑む。

「モーニング用にわたしが茹《う》でたけど、ひとつ余ってまってね。よかったら食べたってちょ」

「あ……ありがとうございます」

じつはまだ昼食を取っていなくて空腹だったので、ゆで玉子ひとつでもありがたかった。小振りな玉子は黄身までしっかり火が通っていて、いかにも喫茶店のモーニングといった味わいだった。

「平山さんって、わたしも覚えとるよ」

そう言ったのは千代の娘、つまり龍の祖母である敦子という女性だった。彼女と店の奥にいる夫の正直が、今この店を切り盛りしている、という。

「たしか昔、ときどきお母さんに玉子とか鶏肉《とりにく》とか贈ってきてくれたねえ」

「ああ、そうだったね。絞めたばっかの鶏とか持ってきてくれたわなも」

「あれ、美味《おい》しかったわあ。名古屋コーチンを食べたの、あれが初めてだったで」

「玉子も味が濃くて美味しかったわなも。ちょっとお高いで、うちのモーニングには使えなんだけどねえ」

「名古屋コーチンなら近くのエスカでも食べられる店があるよね。六行亭《ろくぎょうてい》とか鳥開総本家《とりかいそうほんけ》とか」

　龍が言う。

「この前、六行亭でコーチンの親子丼《おやこどん》を食べたけど、肉がしっかりしてて噛《か》みごたえがあって、味も濃厚ですごく美味しかった」

　そのことを思い出したのか、龍の頬《ほお》が子供のように緩む。あ、このひと、食べるのが本当に好きなんだな、と萌は思った。

「そんでお嬢さん、あんたも養鶏やっとるのかね？」

　千代に急に尋ねられ、萌は食べていたゆで玉子を喉《のど》に詰まらせそうになる。慌てて水を飲み、

「いえ……そ、その、うちは養鶏とは全然関係ないです」

「ほうかね。そんで、今日はどうしてユトリロにお出《い》でになったんかね？」

「そのことなんですけど」

　萌は居住まいを正し、

「じつは、ご相談したいことがあるんです」

「相談？　わたしらに？　なんのお？」

「はい、それが……」

　言い出す段になって、躊躇《ちゅうちょ》してしまった。どう話していいのか頭の中でも整理ができて

いないのだ。

「その……わたしのことじゃないんですけど……」

「この店を教えてくれたひとのことですか」

龍が言った。

「あ、そう、そうです。この店にはよく来るって言ってたから」

「本間《ほんま》さんが？」

「そうです。本間さんが……って、え？　どうして？」

萌は思わず声のトーンを上げた。

「ごめんなさい、驚かせちゃった」

龍はすまなそうに、

「でも、そうなんですよね？」

「はい、そうです。本間さんです。でも、どうしてわかったんですか」

「そのバッグです」

龍は萌が提げてきたDEAN&DELUCAのトートバッグを指差して、

「そのバッグに付けてるマスコット、本間さんが勤《つと》めている製薬会社のものですよね。たしか名前は……」

「キョンちゃんです」

「そうそう、アヒルのキョンちゃん。それを見て、もしかしたらって思ったんです。予想的中でした。平山さんも同じ会社に勤めてるんですね？」

「ええ。同僚《どうりょう》です。本間さんがうちの名古屋支社に転勤になってからずっと一緒に仕事を――」

「あ！」

隣の席から唐突に声があがった。そこに座っていたのは七十歳くらいの女性だった。マスクを顎《あご》に引っかけている。

「もしかして、あんたかね？　本間さんのオモイビト」

「え……」

一瞬「オモイビト」という言葉の意味がわからなくて、萌は戸惑う。しかしすぐに「思い人」という字が浮かび、はっとした。

「あれまあ、じゃあ、このひとが鬼まんじゅうの好きなひとかね」

敦子が言った。鬼まんじゅう……そのエピソードも知られているのか！　萌はまずいところに来てしまった気がした。

「みんなちょっと落ち着いて」

と、龍が騒ぎだす女性たちを牽制《けんせい》して、

「それで平山さん、相談ってどんなことですか」

「あ、あの……」

気持ちが動転してしまって言葉がまとまらない。アイスコーヒーを一口啜《すす》り、息をついてからやっと話しはじめた。

「本間さんが……ちょっとおかしいんです」

「おかしいって？」

すかさず隣の席の女性が問いかけてきた。

「ちょっと美和子さん、そんなに急《せ》かせたらかんに」

敦子がたしなめると、美和子と呼ばれた女性は舌を出して、

「ごめんねえ。つい興味が出てまって。気にせんと話してちょ」

「あ、はい……その……」

うろたえながらも言葉を探す。

「あの、本間さん……鶏肉が食べられなくなったみたいなんです」

「鶏肉？　かしわかね？」

「そう、かしわの肉。食べられないって」

「本間さん、鶏肉が苦手でしたっけ？」

龍が怪訝《けげん》そうな顔で、

「たしか、前に手羽先唐揚げが好きで一度に二十本食べたことがあるって言ってたけど。

急に食べられなくなったんですか」

「はい。それが……もしかしたら、わたしのせいかもしれないんです。でも、どうしたらいいかわからなくて……」

自分でももどかしいとわかっているが、こういう話しかたしかできなかった。

「はじめから、ちゃんと話してみやあせ」

千代が言った。

「そしたら、龍が考えてくれるて。この子、頭がええでね」

「そんなことないよ。俺《おれ》なんて」

龍は慌てて否定するが、

「そんなことないことないがね。龍ちゃん、名探偵だがね」

「美和子さんまで、そんな……」

「わたしも本間さんから聞きました」

萌は言った。

「鏡味龍さんはいろいろと考えてくれるひとだって。だから今日、ここに来ました」

「まあまあ、龍、ご指名だがね」

敦子が笑いながら、

「ちゃんと聞いたらなかんよ」

「……うん」

龍も観念したように、

「じゃあ、最初から話してもらえませんか」

「わかりました」

萌も心を決めた。

「一ヶ月くらい前のことです。本間さんをうちに連れていったんです。その……両親に紹介しようと思って」

「えー？　もうそんな仲なんかね」

美和子が声をあげる。

「ええかげんにせえや」

それまで彼女の向かいの席に座って黙っていた男性が、たしなめた。

「あ、ごめんねえ。つい声が出てまって」

美和子も苦笑して、

「さ、気にせんと続けてちょ」

「あ、はい」

かなり気が削《そ》がれてしまったが、萌は気持ちを立て直して、

「今から思えば、最初に本間さんに説明しておくべきだったと思います。わたしの父が

……ガチの名古屋人だってこと」

3

萌の父親は名古屋市の職員だった。長く広報の仕事に携《たずさ》わっており、市政だけでなく郷土の文化風物にも造詣《ぞうけい》が深く、愛着も強かった。

母親は職場の近くにあったうどん屋の長女で、常連客だった父親とは互いにドラゴンズの熱心なファンであることから一緒にナゴヤ球場へ出かけるなどして意気投合し、そのまま結婚に至ったという。

そんなふたりの間に生まれた萌は、幼い頃から両親に連れられて野球観戦に行ったりしたこともあり、そこそこドラファン——ドラゴンズファンに育った。そして八丁味噌《みそ》を好み中日新聞を読み自分では気付かない程度の名古屋訛《なま》りを習得した。

萌はひとり娘だったので、両親の愛情を独占できた。お稽古事《けいこごと》もいくつかやらせてもらい、中でもピアノは一時期プロを夢見るほどに熱中した。しかし高校に入学する頃にはその熱も冷め、それでもせめて大学は東京に行きたかったが、両親は娘が名古屋を出ることを頑として許さず、結局名古屋の私大に入学した。卒業後に現在の会社に就職し、そこで東京本社から転勤してきた本間一真《かずま》と出会った。

アプローチしてきたのは本間のほうだった。最初はその物慣れしない態度や話しかたに呆《あき》れて「これはないかな」と思ったりもしたのだが、何度か一緒に出かけたりしているうちに、それが彼なりの誠実さなのだとわかってきて、好感を抱くようになった。付き合いはじめて半年もした頃には、逆に萌のほうが積極的になっていた。

そんな頃、萌に縁談話が持ち上がった。相手は両親がナゴヤドームでよく顔を合わせる同じドラファンの若者だった。スタンドで応援しているうちに意気投合して、試合後には何度も一緒に食事をした間柄《あいだがら》らしい。

「ええひとだに」

と、父は言った。

「名鉄に勤めとるんだけど、親御さんは港区《みなと》で広い土地を持っとるそうだわ。ほんとは遊《あす》んで暮らせる身分だそうだないが、親にばっか頼っとれんし鉄道が好きだで働いとるとよ。会社でも将来を嘱望《しょくぼう》されとって、偉いさんにお覚えがめでたいそうだがね。なによりドラゴンズのファンっていうのがええわ。人間が確かだて」

「わたしもええ話だと思うよ」

母も口添えする。

「何遍《なんべん》も会っとるけど、ほんとに誠実なひとだしね。いっぺん会《お》うてみん？」

萌はしばし間を置き、腹を決めてから答えた。

「ごめん、わたし、付き合っとるひとがおるの」

その一言は両親を驚かせた。そういう相手がいるとは思ってもいなかったようだ。

「……どんな男だ？」

一瞬置いて問いかけてくる父親の声が上擦っていた。会社の同僚だと答えると、両親はまた黙った。怒りだすかも、と萌は覚悟した。

「連れてこやあ」

父親が精一杯冷静さを保った声で言った。

「どんな男か、見てみなかん」

そんな次第《しだい》で次の日曜日、萌は本間を自宅に連れていくことになった。

本間は哀《あわ》れなほど緊張していた。玄関で出迎えた両親に挨拶《あいさつ》するときも、ほとんどしどろもどろだった。靴を脱《ぬ》ぐときも動きがおかしくて転びかけた。部屋に上がって座布団に座るときにもバランスを崩して危うくひっくり返りそうになった。その様子を唖然《あぜん》と見ている両親に、萌はただ心の中で堪忍《かんにん》して怒らないでと願うばかりだった。

そして「面接」が始まった。出身は？　親御さんは？　他の家族は？　学歴は？　趣味は？　父親が次々と質問する。本間はしどろもどろながら一生懸命に答えた。新潟県、柏《かしわ》崎《ざき》市の生まれです。両親は酒屋を営《いとな》んでます。はい、造り酒屋です。小さいですが名古屋にも卸《おろ》してます。新泉《あらいずみ》というんですが。あ、ご存じないですか。いえ、店は兄が継ぐことになってます。僕は多分、家には戻らないです。はい、多分。

額に汗を滲《にじ》ませながら、本間は両親の問いに答える。萌は内心で必死に祈った。

「新潟に帰ることはない。そう思ってええかね？」

父親は念を押すように言った。

「僕の意思で帰ることはありません」

本間は答える。

「それは、親御さんが命じたら帰るっちゅうことかね？」

「それは……でも、僕が帰ってもできることはないですから。みんな兄がやってますし。もしも、もしも……萌さんと……結婚、したら、親が何と言っても新潟には帰りません」

「なるほど」

父親は頷き、

「だったら会社は？　名古屋に転勤してきたっちゅうことは、またどこかに転勤させられるんでないのかね？　そんときは、どうするの？」

「父ちゃん！　そんな仮定の話ばっかせんでもええがね」

思わず萌が口出しする。

「何が仮定の話だ。勤め人なら当然あることだがや。本間さん、どうするの？　うちの娘を連れて名古屋を出て行くかね？」

「それは……」

本間は言葉に詰まる。がんばれ、言ってやれ、と萌は心で応援する。そのとき、

「まあ、もうこんな時間だがね」

いきなり母親が言った。

「話はそれくらいにして、晩御飯にしよ。本間さん、今日は食べてってね」

後で訊くと、追いつめられた本間を救うつもりで母親が夕飯のことを持ち出したらしい。が、萌は正直なところ、途中で止められたのが不満だった。父親も別の意味で不満そうにしていたが、母親はかまわず夕食の支度《したく》を始めた。

「今日はひきずりだでね。たくさん食べてってね」

そう言われても本間は意味がわからないようで、当惑している。

「ひきずり、ですか……」

「ああ、余所《よそ》のひとは知らんみたいだわね。ひきずりっちゅうのはかしわのすき焼きだわ」

「かしわ……」

「鶏肉よ。鶏肉」

萌が解説した。

「名古屋ではね、昔から鶏肉ですき焼きを作ってたの。それをひきずりって言うんだっ

て」

「へえ。でも、どうして『ひきずり』なの？」

「さあ？」

萌が首を傾《かし》げると、本間は上着のポケットからスマートフォンを取り出そうとする。萌はそれを慌てて押さえ、きょとんとした顔になる彼に無言で首を振った。ほんと、すぐに何でもスマホに訊こうとするんだから。それ、親の前では止《や》めて、という内心の声を、本間はなんとか受け取ってくれたようだった。

やがて準備が整った。熱した鉄鍋《てつなべ》にまず鶏肉と葱《ねぎ》を入れて炒《いた》め、醤油《しょうゆ》と砂糖、酒で味付けをした後で焼き豆腐、生麩《なまふ》、糸こんにゃく、椎茸《しいたけ》、白菜を投入する。

「では、いただきましょうね」

母親の号令で、みんな箸《はし》を取る。躊躇している本間に萌は鶏肉を取って生玉子を溶いた器に入れた。

「あ、ありがとう」

おどおどと礼を言いながら、本間は鶏肉を口に入れた。が、

「うっ！」

びっくりしたような声で彼は口の中のものを吐き出してしまった。

一瞬、座が凍る。全員の視線が本間に集中し、当の本間も啞然とした顔で周囲を見回し

た。

「あ……ごめん、なさい……いつもの鶏肉とは違ってたので……」

「固《かて》ゃあかね」

父親が押し殺した声で言った。

「それとも臭《くし》ゃあかね。名古屋コーチンは食えんかね」

「あ、いえ……」

本間はうろたえている。父親はひとつ息をして、言った。

「わしの祖父《じい》さんはよ、逸早《いちはや》く名古屋コーチンの養鶏を始めたひとなんだわ。どえりゃあ苦労して売りもんにできるコーチンを育てたんだわ。名古屋コーチンは名古屋の誇り、わしらの誇りだが。それを固くて臭くて食えんと言うんかね」

「すみません。うっかり……」

「うっかり？　吐き出したんかね。うっかり名古屋を馬鹿にしたんかね」

「父ちゃん、何もそんな言いかたせんでも」

萌が抗議したが、父親の表情は変わらない。

「名古屋に生まれてこんかったひとに名古屋のことを全部好いてもらおうとは思わん。だけどよ、名古屋コーチンを吐き出してもらいたくはなかったわ。わしは、我慢できん」

そう言うと父親は立ち上がり、部屋を出ていった。

「父さんがああ言い出すと、聞かんでねえ」

母親が溜息《ためいき》をつく。そして娘に言った。

「あんた、このひとと結婚する気だったら、一番やってかんことをしてまったね」

「やってかんことって……？」

「彼氏さんにうちのタブーを教えんかったこと。あんただって知っとるでしょう？　父さんがどれくらい名古屋コーチンに肩入れしとるか」

「ああ……そうだったね」

肩を落とし、彼氏に眼を向ける。たしかに作戦失敗だ。

「……すみません」

本間はただ、小さくなっていた。

4

「それから一週間、本間さんは会社にも顔を出しませんでした」

萌はアイスコーヒーで喉を湿しながら話した。

「よっぽどショックだったんだわなあ」

感想を洩《も》らしたのは岡田《おかだ》栄一――美和子の向かいに座っている彼女の夫だった。

「話を聞いとるだけで胃が痛くなるわ」

「あんたも経験者だもんねえ」

美和子が意味ありげに言った。

「わたしの父さんに初めて挨拶したとき、あんたもがちがちに緊張しとったもん」

「おまえがお義父《とう》さんのこと『鬼のように怖いひとだで』って言ったからだが。怒鳴《どな》られたどうしょうしゃんって怖《おそが》かったんだわ」

栄一が言い訳する。

「たしかに本間さん、何日かうちに来んかったときがあったねえ」

敦子が思い出したように、

「病気でもしとれせんかって心配しとったけど、久しぶりに来たときには別にいつもと変わらん様子だったねえ。ただ、ちょっと沈んだ顔をしとったみたいだけど」

「休んでいる間、気になってLINEで連絡したんですけど『有休が溜《た》まってたから消化しているだけだよ』って言うだけで、どこで何をしてるのかも教えてくれませんでした。一週間後に出社してきたときもなんとなく暗くてよそよそしくて。父に嫌われたって気にしているのかなって思って話しかけてみたんだけど、あんまりいい反応がなかったんです。ああこれはかなり悄気《しょげ》てるなあって思ったから、元気を付けてあげようとお昼に本間さんの好きなお弁当屋さんで唐揚げ弁当を買ってきてあげたんです。でも、それを見せた途端《とたん》

「……」

「どうしたんかね？」

敦子が先を促すと、萌は辛《つら》そうに、

「本間さん、いきなり事務所を飛び出してトイレに駆け込んでしまったんです。しばらくして戻ってきたら青い顔をしてて『ごめん、それは食べられない』って」

「唐揚げ弁当が好みじゃなかったのかね？」

「いいえ。週に三回はそこの唐揚げ弁当を食べてるくらい唐揚げ好きなんです。なのに……きっと父に名古屋コーチンのことで叱《しか》られて、それで鶏肉が食べられなくなっちゃったんだと思うんです」

「それって、あれかね。虎《とら》の馬とかいうやつ」

「トラウマですね」

龍が美和子の間違いを訂正する。

「そうそう、それ。結婚を許してもらおうとしたのに親御さんを怒らせてまって、それがトラウマになって」

「きっかけになった鶏肉が食べられなくなった、ということですか」

「そうなんじゃないかなって。でもわたしには何も話してくれなくて……それでこちらに相談に伺《うかが》ったんです」

「それは心配だわねえ」

美和子が案じるように、

「本間さんもいかんわ。こんな子を心配させて。それくらいのことで鶏肉が食べられせんって、気が小さすぎるわ」

「問題はそういうことじゃないいて。ねえ?」

敦子が萌に言った。

「あんたが心配なのは、本間さんの今の気持ちがどうなっとるかってことでしょ? あんたと結婚する気が本当にあるのかどうか」

「そう、です。父が許してくれるとかそういうこと以前に、あのひとがどういう気持ちなのかがわからなくて、それが辛くて……」

話しているうちに自分の眼が潤《うる》んでくるのがわかった。泣いちゃ駄目だと思っても、涙がこぼれてしまう。

「ごめんなさい……わたしには話せなくても、もしかしたらこちらのお店のひとには話してくれるかもって思って。本間さん、この喫茶店のことは何度も話してくれてて、いつも家族みたいに接してくれて嬉しいって……だから……」

「わかったわ。わたしに任しときゃあ」

敦子が言った。

「わたしらが本間さんに、ちゃんと訊いたるて。なあ龍？」

「え？　俺もやるの？　そういうのばあちゃんのほうが慣れてるでしょ？」

「何言っとるの。平山さんはあんたを頼りに来とるんだよ。あんたも責任持ちゃあよ」

そう言って孫を黙らせると、敦子は泣いている萌の手を取った。

「心配せんでええて。ちゃんと気持ちは訊いたるで。そんで、あんたのことをしっかり考えて、あらためてお父さんに話をしやあって言ったるわ」

「ありがとう、ございます」

萌も敦子の手を握り返した。

「よろしく、お願いします……」

5

その後も萌と本間の関係は微妙なままだった。職場で顔を合わせても彼の態度がどこかぎこちない。わざと視線を避《さ》けているように見えた。

我慢できずに本間と話をしようとしても、彼は「少し待って」としか言わない。

「何を待てばいいの？」

そう問いかけると、本間は悲しそうな表情になって、

「何が一番いいことか、わかるまで」

としか言わなかった。

もう駄目かも、と思った。本間と結婚したいという気持ちは今でも確かにある。だがこんな状態でその気持ちを保つのは難しかった。

娘の心の揺らぎを知ってか知らずか、両親は例の「名鉄に勤めている土地持ちの息子」と会うようにしきりに勧《すす》めてきた。まだ縁談を諦《あきら》めていなかったのだ。萌は頑として拒否していたのだが、ある日「久しぶりにみんなで夕飯を食べよう」と母に言われ、会社帰りに名古屋駅のホテルマリオットアソシアの中華料理レストランに行ってみると、席には両親の他に若い男がひとり座っていた。謀《はか》られた、と気付いたときには遅かった。萌は無理やりその男性の向かいの席に座らされた。

「こっちが遠野《とおの》善司《ぜんじ》君だわ。どうだ、ええ男だろ」

父親が自分の息子のように自慢した相手は日焼けした顔に茶髪、眉《まゆ》は細く剃《そ》っていて胸元には金のネックレスが光っていた。顔立ちはたしかに整っているほうだが、口許《くちもと》にだらしなく浮かぶ笑みが萌の好みではなかった。しかも白いタンクトップの上にオーバーサイズのジャケットを羽織《はお》っている。信じられないファッションセンスだった。

「ども、遠野です。話に聞いてたとおり、きれいなお嬢さんっすね」

っすね？　今この男、っすね、と言ったぞ。

「失礼ですけど、ご出身は？」

自己紹介する前に訊いた。

「あ、名古屋っす。ちゃきちゃきの名古屋っ子っすよ」

遠野は臆面《おくめん》もなく答えた。

「遠野君は名古屋生まれだけど、しばらく東京の学校に通っとったんだと。だで名古屋弁が抜けてまったんだわ」

なぜか父親が弁護する。

「でもよ、大のドラゴンズファンなんだわ。ええ子だて」

母親も眼を細めて遠野を見ている。なんだか目眩《めまい》がしてきた。

「……すみません。わたし、ちょっと気分が悪くなってきたので、帰ります」

そう言って立ち上がり、店を出ようとする。

「ちょっと待ちゃあ」

母親が追いかけてきた。

「あんた、先方に失礼だがね」

「失礼なのはどっち？　何も言わんと勝手に見合いみたいなことさせて」

萌はいきり立った。

「何考えとるの」

「だって、こうでもせんとあんた、会ってくれんがね。しかたないでしょお」

「会わせてどうするん？　わたし、あんなひとと結婚する気なんかないでね」

「あんなひとって」

「そうだがね。あんなチャラい格好して、『っすね』なんて言って。父ちゃんがどうしてあんなのに肩入れするのか、わからんわ」

「それは……」

母親は逡巡《しゅんじゅん》していたが、

「ちょっと来やあ」

と、無理やり娘を店の外に連れ出した。

「これ、父さんには言わんとけって言われとったんだけど」

声を落として母親が言う。

「いけだ屋が、ちょっと危ないんだわ」

「祖父ちゃんとこが？」

母親の実家の名前を聞いて、萌は驚く。

「そう。最近客足が退《ひ》いとったらしくてね。ほら、あのあたりに新しい店がどんどんできとるでしょう。うちみたいに古い店にはあんまり新しい客が来んのだわ。それに最近のコロナ騒ぎで客足がさらに遠退《とおの》いとるみたいだし」

ああ、と萌は思った。たしかに祖父ちゃんの店は新規の客が気軽に入ってこられる店構えではなかった。

「その話をしたらね、遠野さんが援助してもええって言ってくれてね。ほら、あのひとのお父さんが土地持ちだで、資金はあるって」

「もしかして……わたしを、その借金のかたに結婚させようって魂胆《こんたん》？」

「そんなことあらすか。ただね、そういう心の広い世話好きなひとだから、きっとええ旦《だん》那《な》さんになると思ってね。だから、あんまり邪険にせんといて」

母親の言葉が萌の気持ちを決めた。

「ごめん、わたし、やっぱりここにはおられん」

そう言うと母親を振り切り、ホテルのロビーに向かった。母親は追ってこなかった。

下りのエレベーターを待っている間、萌は泣きだしそうになるのを必死に堪《こら》えていた。悔しくて悲しくて辛かった。

エレベーターの扉が開き、中に乗り込む。外側がガラス張りなので名古屋駅周辺の夜景が見えた。ビルに灯《とも》る明かりを見ながら自分でも制御できない気持ちが吹き上がってくるのを感じていた。

本間さん、どうして……どうして今、ここにいないの？

一階で降りる。コンコースの人の流れは、以前より少ないように見えた。やはりマスクをしているひとが増えている。萌もバッグに入れているマスクを取り出そうとしたとき、そのバッグから着信音が聞こえてきた。

一瞬、本間からかと思った。だがスマートフォンを取り出してみると、ディスプレイに表示されたのは彼の名前ではなかった。

——あ、鏡味です。今、電話しても大丈夫ですか。

若い男の声。龍だ。そう言えば電話番号を交換したんだっけと思い出した。

「はい、いいですけど。何か？」

——突然ですが、明日の春分の日はお休みですよね？

「はい」

——お時間をいただけませんか。

「え……」

もしかして、デートの誘い？　彼なら、さっきの勘違いチャラ男よりはマシだけど、でも……。

——ちょっと会ってほしいひとがいるんです。ユトリロに来てもらえませんか。

「会ってほしいひとって？」

自分の勘違いを恥じながら萌が尋ねると、龍は言った。

——本間さんのことで、ひょっとしたら大事なことを知っているかもしれないひとです。

6

喫茶ユトリロの扉を開けると、

「いらっしゃい、平山さん。よお来たね」

と、敦子が陽気な声をかけてきた。

「上にあがってちょ。龍が待っとるで」

「あ、はい」

言われるまま、中二階の階段を上がる。そこには龍と、向かい合わせにマスクを着けた別の男性が座っていた。

「すみません、休みの日にお呼び立てしちゃって」

龍がぺこりと頭を下げる。

「いえ……」

「龍君、こちらへ」

男性に言われ、龍は彼の隣に移動した。そして、

「平山さんは、ここに」

今まで座っていた席を指差す。萌はおずおずと腰を下ろした。マスクを外したほうがい

いだろうか。それとも外さないほうが礼儀なのか。少し迷った末に、萌はマスクを取った。

「こちら、シンシさんです」

龍が隣の男性を紹介する。

「シンシ、さん？」

「あ、本名じゃないです。この店ではみんながそう呼ぶだけで」

「到底ジェントルマンとは言えない人間ですがね」

男性の眼が悠然と微笑んだ。七十歳前後くらいの年頃《としごろ》だろうか。高級そうなスーツを着ている。マスクで顔の下半分は隠れているが、白髪の髪はきちんと整えられていた。背筋がぴんと伸び、それでいて緊張感は感じられない。悠揚《ゆうよう》といった趣《おもむき》だ。萌は気付いた。なるほど、「シンシさん」は「紳士さん」か。

「毎朝、紳士さんは店にいらっしゃって、この席に座られます。その絵を見るために」

龍が指差した先には、一枚の絵が掛けられていた。白っぽい建物が描かれている。どこかで見たような絵だったが、作者は知らない。

「そして平日の朝、本間さんは決まってそちらの席に座ります」

彼らがいる隣の席を指差し、龍は言った。

「紳士さんは毎朝、本間さんと隣り合っているわけです。その縁でいろいろと話もされているそうです」

「あ、そうなんですか。お世話になってます」

自分が言うのもおかしい気がしたが、萌は紳士さんに頭を下げた。

「本間さんは、真面目《まじめ》な方ですね」

紳士さんが言った。

「何事にも真剣に取り組もうとされている。生真面目《きまじめ》と言ってもいいかもしれない。そのせいで時折失敗もされるようですが」

「そう。そうなんです」

萌は頷く。

「とてもいいひとなんですけど、何でも真正面から受け止めてしまって、仕事でもそれで失敗することもあるみたいなんです。前に課長から『君は取引先に行ってもいつも杓子定規《しゃくしじょうぎ》だから先方も打ち解けてくれないんだ。たまには冗談《じょうだん》を言って相手を笑わせろ』って言われて、そしたら彼、アメリカンジョークの本とかを熱心に読んで勉強して、商談のときにそれを披露《ひろう》したんです。二十分も」

「二十分……それは……ちょっとやりすぎかな」

龍が半笑いの顔になる。

「でしょ？　課長から大目玉を食らってました。やりすぎだって」

話しているうち笑ってしまいそうになる。

「その話は、私も彼の口から聞きました」

紳士さんが言った。

「医者が患者に『あなたの不眠症に効くとっておきの薬があります』と言った。患者が『それはありがたい。いつ飲めばいいんですか』と聞き返すと、医者は答えた。『いつでもいいです。二時間おきに服用ください』」

萌は少し考え、やっと話の意味を理解した。

「なるほど。二時間おきに飲まなきゃいけないって、つまり睡眠薬としては効果がないってことですよね」

「ちょっとわかりにくいですね」

龍が正直な感想を言った。

「アメリカンジョークというのは得てしてそういうものですよ。役に立たない薬の話が製薬会社の社員の披露するジョークとして的確かどうかも微妙ですし。でも本間さんはこの件でかなり落ち込んだようですね」

「はい。しばらく立ち直れませんでした。あのひと、毎回そんな感じで」

やっぱり笑ってしまった。

「あなたのお宅に伺ったときも、失敗してしまったそうですね」

「はい……」

そうだ。笑っている場合ではなかった。

「父の前で口に入れた名古屋コーチンを吐き出しちゃって。それで父が怒っちゃって」

「たしかに失態《しったい》ですね。あなたの曾祖父《そうそふ》が名古屋コーチンの飼育をしていたとか」

「はい。わたしは養鶏場も見たことはないんですけど。でも父にとっては大事なことみたいで、だから本間さんのしたことが許せないと言いました。わたしもあれははしたなかったとは思いますけど、でもあんなに怒らなくても……父はきっと、コーチンのことを口実にしただけで、最初から本間さんのことを許す気がなかったんだと思います」

「お父さんの本当のお気持ちはどうなのかわかりませんが、本間さんは今回のことで相当落ち込んだようです。朝、いつものようにそちらの席に座りながら、表情はまったく冴《さ》えませんでした。普段はあまり干渉《かんしょう》しないのですが、さすがに気になって尋ねたのです。そして、経緯《いきさつ》を知りました」

「本間さん、話したんですか」

「ええ。そして私に、どうしたら先方のお父さんの信頼を得ることができるのかと尋ねてこられましたよ」

「それで、何か仰《おっしゃ》ったんですか」

「いささかの助言をしました。誰かの信頼を取り戻したいのなら、まずなぜそれを失ってしまったのか考えるべきだと。本間さんの場合、口に入れた名古屋コーチンを吐き出してしまったのはなぜか」

紳士さんはマスクを外すとコーヒーを一口啜って、

「本間さんは幼い頃、鶏肉が苦手だったそうです。独特の臭みが理由でした」

意外な話だった。いつも鶏の唐揚げを美味しそうに食べている姿しか見ていない。

「鶏肉って、そんなに臭かったかしら?」

「好きな人間には気付けないけど、多少の臭みはありますよね」

萌の疑問に龍が答える。

「俺の小学校の友達で、やっぱり鶏肉が食べられない子がいました。変な味がするって。俺は昔から鶏肉も大好きだったから、彼の言っていることがわからなかったんだけど」

「本間さんの鶏肉嫌いはしかし、フライドチキンと出会うことによって解消されたそうです」

紳士さんが言葉を継いだ。

「スパイスの香りが肉の臭みを消していたからでしょう。それがきっかけで普通の鶏肉料理も問題なく食べられるようになった。だから自分が昔鶏肉が嫌いだったことも忘れていたそうです。それが、あの名古屋コーチンで再現されてしまった」

「でも、名古屋コーチンだってそんなに臭いとは思わないけど」

「慣れているひとにはね」

龍が言う。

「でも俺も、名古屋に来て名古屋コーチンを食べてみて、小学校の友達が苦手だって言った意味が、ちょっとわかった気がしました。コーチンって鶏肉の特徴が強調されているような味わいなんですよ。俺はそれがすごく美味しいと思ったけど、逆に苦手なひとがいてもおかしくない。肉が固いというのも、たしかにそうですしね」

「固いと取るか、歯ごたえがあると取るか」

紳士さんが言った。

「私は逆に、ブロイラーの柔らかすぎる肉よりコーチンの肉の弾力を好もしく思いますが。それはさておき、自分が鶏肉嫌いだったことが理由だと話しつづける本間さんに、私は言いました。『あなたは理解しなければならない』と」

「理解って？」

「問題の本質です。それ以上は言いませんでした。自分で考え結論を出すべきだと思ったからです。しかし、私は間違っていたかもしれない。もう少し親切に噛み砕《くだ》いて話してあげたほうがよかったのかもしれない」

「どういうことでしょうか」

萌が尋ねると、

「ここから先は龍君に話してもらいましょう。彼が調べてくれたことです」

「この中二階席の朝の常連は本間さんと紳士さんの他にもうひとりいます」

龍が話しはじめた。

「水野さんという靴職人だったひとです。そのひとも本間さんとはときどき話をする間柄なんですが、本間さんが紳士さんに相談をした日、紳士さんが帰った後で水野さんに名古屋コーチンのことを訊いたそうです。何でも前に水野さんが、知り合いにコーチンを飼育している養鶏家がいると話したのを覚えていて、紹介してほしいって頼まれたそうです」

「養鶏家、ですか。でもどうして……?」

「俺もその養鶏家さんの連絡先を教えてもらって電話してみました。そしたら水野さんから紹介されたと若い男のひとが訪ねてきたそうです。名古屋コーチンのことを教えてくれって」

「それ、本間さんですか」

「だそうです。本間さん、その養鶏家のところに泊まり込んでいろいろ勉強していったそうですよ。歴史とか特徴とか飼育法とか。あまりに熱心なんで『養鶏場でも始めるつもりですか』と訊いたら『そうじゃないけど、信頼を取り戻したいから』とだけ答えたそうです」

「信頼って……父の、ですか」

「そしてあなたの。本間さんはお父さんの前で失態を晒《さら》してしまったことで、あなたの信頼も失ったと感じているようです」

「そんなこと……」

違う、と言いかけて萌は口籠もる。もしかしたら言葉尻《ことばじり》や態度で、そう思わせるようなことがあったかもしれない。

「本間さんは誠実な方です」

紳士さんが言った。

「ときにその誠実さが暴走してしまうこともあるようですが」

「今回も、それみたいですね。本間さん、やりすぎちゃった」

龍が紳士さんの言葉を受ける。やりすぎ、か。たしかに養鶏場にまで行ってしまうのはやりすぎかもしれない。

「でも、それってやっぱり本間さんらしいと思います」

萌は言った。

「きっと自分なりに考えて、名古屋コーチンのことをもっと理解しようとしたんです。いきなり育てかたの勉強をするところが、ちょっと違ってるかもしれないけど」

「そうですね。おかげで傷が深くなったみたいです」

「傷？」

「本間さんは養鶏家さんのところで飼育しているコーチンに餌《えさ》をやったり鶏舎の掃除をし

たりと、仕事の手伝いまでしたんだそうです。そして出荷される鶏の見送りもした。そのとき、彼は運び出されていく鶏を見送りながら、泣いてたそうです」

「泣いて……」

「情が移ってしまったんでしょう。鶏たちの運命を知っているから」

「ああ……」

食肉用として育てられる生き物は、やがて人間の口に入る。屠殺《とさつ》され、肉を切り分けられ、百グラムいくらでスーパーの店頭に並ぶのだ。

「本間さんはきっと、鶏肉を見ると鶏舎にいた鶏を思い出してしまうようになったんでしょう。だから鶏肉を食べられなくなってしまった」

「そういうことだったんですか。でも、それじゃあ……」

どうしたらいいのだろう。父親と本間との間にできてしまった溝《みぞ》を埋めることができない。どうしたら……。

「心配は要《い》らないですよ」

紳士さんは萌の心を読んだように、

「龍君が本間さんにアドバイスをしたそうですから」

「アドバイスだなんて、そんな大層なものじゃないですよ。ただ、俺の経験を話しただけで」

「経験って？」

「あの、俺、医学部なんです。で、当然だけど解剖実習もありました。人間のご遺体です。初めて人間の体にメスを入れて、脂肪細胞を掻《か》き分けながら筋膜と皮膚《ひふ》の間を剝《は》がしたり、尺骨《しゃっこつ》神経とか正中神経とかを取り分けたり……こういう話、気持ち悪いですか」

「いえ……あ、ちょっと」

「ですよね。俺もだから、それからしばらく肉が食べられなくなりました」

「ああ、そういうこと、やっぱりあるんですね」

「ええ。人それぞれですけどね。俺の友達の平井《ひらい》駿って奴《やつ》は初回から平気だったみたいで、実習の後の昼飯で生姜《しょうが》焼き定食とか食べてましたけど。俺はきしめんがせいぜい。あいつが肉を食べてるのを見るだけで気持ちが悪くなりそうだった。でも俺がげんなりしてると、駿が言ったんですよ。『おまえにはご遺体に対する敬意がない。だから肉が食えないんだ』って。意味、わかります？」

「……わからないです」

「俺もすぐにはわからなかった。でも、後になって理解できました。ご遺体は俺に解剖されるまで、人間としての人生を歩んできた。献体されたのもご本人の意志です。つまり解剖もまた、そのひとの人生の一部なんです。俺はでも、ご遺体を肉の塊《かたまり》としかとらえてなくて、だから食べる肉と混同してしまった。結果としてご遺体の尊厳を損《そこ》ねてしまったんです。そのことに気付いてから、あえて解剖の後も肉を食べるようにしました。自分の中の意識を変えるためです。本間さんの場合は、それとはちょっと違うかもしれません。でも混同してしまっているのは似てます。人間は生きるために他の生き物を食べなきゃならない。生きていくために食べ物を育てなきゃならない。農業や畜産業ってそういうものですよね。でも俺たちみたいにそういう仕事に従事していない人間は、生き物を育てるというと犬や猫や小鳥みたいな愛玩《あいがん》動物のことしか経験がない。だからペットとしての動物しか意識できないんです。本間さんは養鶏場で飼育の体験をしたときに、ペットを飼うような気持ちで鶏に接した。だから鶏が出荷されるとき、ペットが殺されて食べられるような感覚になってしまったんです。畜産用の動物と愛玩用の動物は違う。同じ生き物だと言われたらそれまでだけど、そこを峻別《しゅんべつ》しないと、人間が抱えている大きな矛盾《むじゅん》に直面してしまって、頭がバグります。本間さんにはそのことに気付いてほしかったんです」

萌は龍の言葉を黙って聞いていた。聞きながら自分の中で本間の気持ちを辿《たど》ってみた。やっぱり目茶苦茶だ。父親の信頼を得ようとして名古屋コーチンの勉強をして、見当違いな方向に行ってしまった。なんと不器用な、なんと頓珍漢《とんちんかん》な、そしてなんと誠実なひとだろう。

「……わたしに、できることがあるでしょうか」

萌は尋ねた。

「本間さんがバグってしまったのなら、わたし、それをデバッグしたいです」

「それなら、できることがありますよ」

紳士さんが答えた。

「あなたが彼のことを受け入れてあげればいい。信じてあげればいいんです」

「それだけ、ですか」

「それで充分ですよ。きっと本間さんには一番必要なことでしょうから」

「でも──」

信じるって、どうしたらいいのか。そう訊き直そうとしたとき、萌のスマートフォンが鳴った。

「本間さんからです。ちょっとごめんなさい」

萌はその場で電話に出た。

──あ、あの……本間です。今、大丈夫？

「ええ。なに？」

──その……もう一度、お父さんとお母さんに会わせてくれないかな。

躊躇《ため》いがちな口調で、本間は言った。

──もう一度、ちゃんとお話ししたいんだ。

7

本間はその日も緊張していた。萌の両親を前にして、がちがちに固まっている。それでも彼は、意を決して話しはじめた。

「先日は、本当に申しわけありませんでした。お詫《わ》びいたします」

深く頭を下げる。

萌の父親はこれ以上ないというほど不機嫌《ふきげん》な顔をしていた。

「それで、今日は何が言いたいのかね？」

ぶっきらぼうに訊き返す。本間は一息ついてから、

「名古屋コーチンは性格が良くないと言われるそうです。喧嘩《けんか》っ早くて仲間同士の諍《いさか》いが多い。それでいて臆病《おくびょう》なので、パニックに陥《おちい》ると一ヶ所に固まろうとして押し合いへし合いになり、圧死するものも出てしまう。だから育てるのにはかなり気を遣わなければなりません。しかも一般的なブロイラーが四十日から五十日で出荷できるのに対して名古屋コーチンは百五十日近くの育成期間が必要です。それだけ養鶏家の皆さんは苦労をして育てています」

「そんなことは知っとる」

父親は不機嫌に言った。

「わしを誰だと思っとる。わしの祖父さんは名古屋コーチンの養鶏をしとったんだぞ。そんなネットか何かで調べたことを賢《さか》しらに言わんでも」

「はい、釈迦《しやか》に説法であることは重々承知で言いました。僕はでも、ネットで調べたんじゃありません。大府《おおぶ》市の高山《たかやま》養鶏場さんで教えてもらいました」

「養鶏場？　行ったんか」

「はい、三日ほどお世話になって、名古屋コーチンのことをいろいろと勉強してきました。コーチンの気が荒いことも、身をもって知りました」

本間は右腕を見せた。手の甲に傷痕《きずあと》がある。

「あんた、鶏につつかれたんか」

「つつかれて、爪《つめ》で引っかかれました」

袖《そで》を捲《ま》くると、もっと大きな傷があった。父もさすがに息を呑《の》んだ。

「名古屋コーチンの歴史も学びました。明治十五年頃、旧尾張《おわり》藩士の海部《かいふ》壮平《そうへい》と正秀《まさひで》の兄弟が、中国から輸入されたバフコーチンと尾張の地鶏をかけ合わせて名古屋コーチンを誕生させました。戦後、生育の早いブロイラーなどの外国鶏が飼育されるようになると生産効率の悪い名古屋コーチンを育てる養鶏家は少なくなり、一時は絶滅も危惧《きぐ》されるほどでした。しかし昭和四十年代後半頃から、地鶏の人気が再燃することで再び脚光を浴び、今では比内《ひない》地鶏、薩摩《さつま》地鶏と並んで日本三大地鶏と呼ばれるほどに有名になりました。その特徴は肉質と旨味《うまみ》。歯ごたえがあり、コクがある。その歯ごたえとコクを、僕は『固い』『臭い』と思ってしまいました。でも」

本間は萌の父親を真正面から見つめた。

「それは、僕の正直な、嘘偽《うそいつわ》りのない気持ちでした。僕には名古屋コーチンの美味しさがわからなかった。スパイスたっぷりのフライドチキンや唐揚げしか食べられなかった。今は、その唐揚げも食べられなくなってしまった。お父さんからすれば面白くない人間かもしれません。でも、そのことだけで僕を判断しないでください。僕は名古屋コーチンは食べられないけど、萌さんのことは好きです。大切に思っています」

萌は本間の言葉を聞きながら泣きそうになった。はっきり「好き」と言ってくれたのは本当に嬉しい。「名古屋コーチンは食べられないけど、萌さんのことは好き」というのは、ちょっと意味がわからないけど。

「この前、お父さんから、会社から転勤を命じられたら萌さんを連れて名古屋から出て行くつもりかと尋ねられて、すぐには答えられませんでした。迷ったんです。どちらが萌さんにとっていいことなのか。ずっと考えました。そして決めました。もしもそうなったら、僕は萌さんを名古屋から連れていきます。そして転勤先で萌さんと暮らします。それが一番幸せにできることだと思います。僕はこれから自分の人生をかけて萌さんを幸せにしたいと思っています。どうか、結婚を許してください」

そう言うと、本間は深々と頭を下げた。

父親は、しばらく何も言わなかった。むっつりとしたまま、頭を下げつづける本間を見ている。

「まあ、今日ももうこんな時間だがね」

母親が言った。

「話はそれくらいにして、晩御飯に——」

「母ちゃん、やめて」

萌は母親の言葉を遮った。

「今日こそは、ちゃんと最後まで話をさせて」

そして父親に向かって、

「父ちゃん、わたし、本間さんと結婚するでね。反対されても、するでね」

きっ、と睨《にら》みつけた。その視線を避けるようにして、父親は言った。

「誰が反対すると言った」

「じゃあ、賛成してくれる？」

「……好きにすればええがね」

本間が顔をあげる。

「本当ですか」

「嘘なんか言わすか。結婚でも何でもすればええが」

「ありがとうございます！」

またまた平伏した。

「母ちゃんは？　賛成してくれる？」

「わたしは、萌の好きなひとなら全然ええわね。ところで」

母親はみんなを見回して、

「もう、晩御飯にしてええかね？　今日はええお刺身買ってあるで」

夕食の間、本間は父親とずっと話をしていた。父は祖父から聞いた養鶏の苦労について話し、本間は実家の酒造りのことを話した。ふたりの間は不思議なくらい打ち解けていた。

空いた皿を片づけに席を外した母親を追って、萌はキッチンに向かう。

「ねえ、母ちゃん本当にええの？」

「結婚のことかね？　もちろんだがね」

「でも、あの遠野さんってひとのことは？」

萌がおずおずと尋ねると、

「そのひとの名前、父ちゃんの前で言ったらかんよ。機嫌が悪なるでね」

と母親が言った。

「やっぱり、わたしを遠野さんとこに嫁がせたかったの？」

「違うて。じつはね、あの遠野って男、とんだ食わせ者だったんだわ。名鉄に勤めとるとか親が土地持ちとか、みぃんな嘘。本当は穀潰《ごくつぶ》しで親から勘当されとったんだと。あちこちで借金しまくっとったのがバレて、顔を見せんようになったわ。あんたと結婚するとか言っとったのも、わたしらを騙《だま》して金を取ろうとしとったんだに」

「じゃあ、結婚詐欺《さぎ》？　もしかしてお金を取られたりしとらん？」

「それは大丈夫。飲み代を払わされたくらいで済んだわ」

「そう、よかった……でも、だったら祖父ちゃんの店は？　どうなるの？」

「いけだ屋かね」

母親は少し思案顔になったが、

「まあ、大丈夫でしょ。この自粛騒《じしゅく》ぎも、そのうち治まるだろうしね」

「そう……」

萌は少し不安を感じながらも、頷いた。そのとき、居間のほうから大きな笑い声が聞こえてきた。父親と本間が笑っている。ふたりして、笑っている。

よかった、と思った。とりあえずこれで第一の関門は突破できた。

でも問題はまだ残っている。まずは鶏肉嫌いになった本間を元に戻さないと。唐揚げがまた食べられるようになって、そしていつかまた父親と一緒に名古屋コーチンの鍋を食べてもらいたい。そのための計画を立てなければ。大丈夫、時間はたっぷりあるはずだ。

「大丈夫、だね」

そう呟くと、

「大丈夫」

母親も笑みをこぼした。

第4話

台湾ミンチと赤い靴《くつ》の謎

1

テレワークも悪くない、と思っていられたのは一週間ほどだった。自宅待機が十日を過ぎた頃《ころ》、自分がどうしようもなく自堕落《じだらく》な生活に陥《おちい》っていることを体重計の指し示す数字に容赦《ようしゃ》なく告《つ》げられ、小森玲奈《こもりれな》は慄然《りつぜん》とした。やばい。節制しないと。

とはいえ、食べることもまた彼女の仕事のひとつだった。玲奈が勤《つと》める「カッツェ・クロサキ」は東京に本社を構える輸入食品や高級食材を扱うスーパーで、全国に七十九の店舗がある。自社ブランドの商品も開発販売しているが、一番の目玉は国内外の珍しい食品を取り揃《そろ》えていることだ。二年前にはクロアチア産のトリュフ入りソルトがちょっとしたブームになり評判になった。ちなみに店名の「カッツェ」はドイツ語で「猫」を意味し、「クロサキ」は猫好きな創業者の苗字《みょうじ》から取ったと入社時に教えられた。

玲奈は商品開発の仕事をしている。日本各地の珍《めずら》しい、あるいは貴重な食品を探し出し、それを店舗で販売すべく生産者と交渉し販売部に提案《プロポーザル》する。大学を卒業して入社後すぐにこの部署に配属され、それから六年、いくつもの商品を店頭に並べてきた。中にはそこそこヒットしたものもあったが、客に関心も持たれないまま消えていったものもある。仕事を続けているうちに売れる商品を嗅《か》ぎ分ける力を身につけたと思っているが、それも百パーセント確実なものではない。自分の眼《め》や鼻や舌で確かめ、これならと思ったものを会議の場で提案する。企画が通れば嬉《うれ》しいし、売れたらもっと嬉しい。ヒット商品は多くの落胆が積み上げられた山に咲いた可憐《かれん》な花のようなものだ。落胆はすなわち肥《こ》やし、食べて食べて耕《たがや》さなければならない。

かといって、自分の体重を無制限に増やしていいものでもない。三十歳を迎え、そろそろ基礎代謝に全権委任していられる状況でもなくなりつつある。そう思って今年から近くのスポーツジムに入会し、ばりばり体を鍛《きた》えるつもりだった。なんなら虎《とら》ノ門《もん》のオフィスまで一駅歩いてもいい、とも思っていた。

それがこのコロナ禍《か》だ。出社できなくなった上にジムも休業状態となり、体を動かす機会を失った。結果がこの体《てい》たらく。こうなったら「リングフィット　アドベンチャー」でも導入するしかないか。まず「Nintendo Switch」を買うところから。

そんな逃避めいたことを考えるのも、じつは内心焦っているからだった。ここのところ自分の出した企画はまったく通らなかった。今月こそなんとかしなければならない。

この仕事は足も重要だった。実際に製造元を訪れ、原材料や製造工程もチェックし、生産者の生の声を聞くことで製品の善《よ》し悪《あ》しを決める。しかし今は移動が封じられている。となると頼みはネットだけだ。玲奈は仕事時間の多くをパソコンの前で費《つい》やしていた。まだ誰《だれ》も知らない逸品を探してネットの海を回遊するのだ。

もしも彼女に同居している人間がいて、仕事中の様子を見ていたら「遊んでるの？」と言われてトラブルになっていたかもしれない。日がな一日ディスプレイをただぼんやりと眺めているだけのように見えるからだ。しかし実際のところ玲奈はひとり暮らしだったし、彼女の心の中では小さな嵐《あらし》が吹き荒れていた。これ駄目。似たのがもう店に出てる。悪くないけどありがち。インパクトない。一周回って新しいかもしれないけどよく考えたら一周半くらい回ってる。この名古屋のステーキ店のオリジナルソース、赤い靴のロゴもかわいいし良さげだけど、すでに他の店で扱ってるなあ……などとひとりで決裁していく。

中には有望かもしれない商品もある。最近はネット通販可能なものが多いので、ピンときたものはすぐに注文する。だから調布《ちょうふ》駅近くにある彼女の賃貸《ちんたい》マンションには、ひっきりなしに宅配便が届くようになった。この中にひとつでも採用可能な商品があればラッキーだが、ほとんどは試食した段階で棄却《ききゃく》することになる。それだけ難しい仕事なのだ。

今月も今までのところ、当たりはなかった。有望だと思っていた「スパイシーれんこん」も届いたものを実際に食べてみると今ひとつインパクトに欠けていた。残る望みは、あとひとつだけ。

ぴんぽーん。インターフォンが鳴る。来た。最後の希望だ。玲奈は玄関に飛んでいき、品物を受け取った。

マスクを着けた配達員が届けてくれたのは、ワインのボトルでも入っていそうな縦長の段ボール箱だった。酒類は注文していないはずだけど、と送り主の名前を確認する。名古屋市のアルファフロントという会社だった。間違いなく自分が注文したものだ。しかし……。

とりあえず箱を開けてみた。まず出てきたのが筒状に丸めた紙。広げてみるとA2サイズのポスターだった。写っているのはひとりの男性だが、短く刈った髪といい髭《ひげ》といい眼鏡《めがね》といい濃紺《のうこん》のタートルネックといい、そして軽く親指を立てた拳《こぶし》を顎《あご》の下に宛《あて》がうポーズといい、どこから見てもスティーブ・ジョブズの有名なポートレートそのものだった。ただし本人ではない。まったく同じ服装で同じポーズをしている東洋人だ。

この人物は自らを「ノブタカ・ジョブズ」と名乗っている。本名は宅配便の送り状に書かれていた「鏡味宣隆」だろう。

彼のこともネットで知った。といっても最初に出会ったのは仕事のための検索ではなく、息抜きにYouTubeを見ていたときだった。新型コロナウイルスの脅威《きょうい》などまだなかった昨年末、好きな物真似《ものまね》芸人の動画を見ていたとき、お勧《すす》めに「ジョブズが雛祭《ひなまつ》りに呼ばれた動画」というのがあるのに気付いた。ジョブズといえば彼のことだろう。日本に関心を持っていたと聞いたことがあるから、もしかしたら雛祭りくらい体験しているかもしれない。そう思って何の気なしにクリックしてみた。出てきた男性を最初は本物のスティーブ・ジョブズだと思った。それくらいには似ていたのだ。しかし次第《しだい》にこれは変だと思いはじめた。登場した「ジョブズ」は雛壇の前で着物を着た女の子から白酒を振る舞われ、飲みすぎて酔っぱらって阿波踊《あわおど》りを踊りだしたのだ。

あ、これ、そっくりさんだ。気付いたときには呆《あき》れると同時に愉快になった。どうやら日本人らしいが、見た目は確かに本家本元にそっくりだし、それでいて酔っぱらいながら踊る仕種《しぐさ》も滑稽《こっけい》で、なかなか楽しかったのだ。

ノブタカ・ジョブズは他にも動画をアップしていた。「ジョブズが靴下を繕《つくろ》う動画」「ジョブズが回覧板を回す動画」「ジョブズが素麺《そうめん》を茹《ゆ》でる動画」など、たいして面白いことをしているわけでもないが、ジョブズがこんなことはしないだろうというおかしさと、本人がいたって真面目《まじめ》にそれをやっているのが妙にユーモラスで、つい笑ってしまった。

なかなか面白い芸人だなとプロフィールを確認してみると、本人は「会社役員&プランナー」と名乗っている。アルファフロントという会社で「アルカイック・サーガ」というゲームアプリを開発したそうだ。プロフィールに貼《は》られていたリンクをクリックするとゲームのサイトに移動したが、正直玲奈はあまりそそられなかった。その手のソーシャルゲームには関心がなかったのだ。

それでも彼のことは気に入ってチャンネル登録をしておいた。

その後もノブタカ・ジョブズの動画は定期的に配信された。名古屋城や熱田神宮といったところで撮影されたものが多いところを見ると、どうやら彼は名古屋に住んでいるようだった。

玲奈は名古屋に行ったことがない。もちろん新幹線などで名古屋駅を通過はするが、降りたことはなかった。彼女にとって名古屋のイメージは、名古屋城と名古屋めしくらいしかない。名古屋めしといっても、意識して食べたものは天むすくらいだった。味噌《みそ》煮込みうどんとかひつまぶしといったものは名前を知っているだけだ。あれだけ名前が知られているということは、それなりに美味《おい》しいのかもしれない。そういえばこの前、姪《めい》が友達と名古屋へ旅行をしたと言っていた。そのときのことをかなり楽しそうに話していたから、いいところなのかも。姪はその後ひとりでもう一度名古屋に行ったらしい。緊急事態宣言が解除されて自由に出かけられるようになったら、一度名古屋に行ってみようか。そんなことをぼんやりと思っていた。

そして四月の終わり、自粛《じしゆく》生活にほとほと飽きてきた頃にノブタカ・ジョブズの新しい動画が配信されたので見てみた。タイトルは「ジョブズが新しい商売を始める」。

動画にはいつものタートルネックにジーンズ姿のノブタカ・ジョブズが黒い布をバック

に立っていた。布には「α」の文字をデザインしたアルファフロントのロゴが掛けられていく。

ノブタカ・ジョブズは語りだす。

——二年半、この日を待ち続けていました。

——数年に一度、すべてを変えてしまう新製品が現れます。それを一度でも造ることができれば幸運ですが、アルファフロントはその機会に恵まれました。二〇一八年「アルカイック・サーガ」をリリース。オンラインゲーム業界全体を変えてしまいました。

あ、と玲奈は気付いた。これ、本家スティーブ・ジョブズがiPhoneを発表したときのプレゼンのパロディだ。

——今日、我々は革命的な新製品を発表します。

ノブタカが取り出したのはスマートフォン……ではなく、掌《てのひら》に載るサイズの瓶だった。

——今日、我々アルファフロントは、食を再発明します。名前は、「でらうま台湾《たいわん》ミンチ」！

彼はその後もジョブズの真似をしながら新製品についてプレゼンを続けた。そもそも台湾ミンチとは何か。名古屋で生まれたご当地料理である台湾ラーメンにトッピングされている挽肉《ひきにく》のピリ辛炒《いた》めである。豚挽肉を鷹《たか》の爪《つめ》、豆板醬《トウバンジャン》、醬油《しょうゆ》、大蒜《にんにく》などの味付けで調理したものだ。これを載せるとラーメンが劇的に美味《うま》くなる。まさに台湾ミンチこそが台湾ラーメンを凡百のラーメンと峻別《しゅんべつ》する要《かなめ》なのである。それだけではない。台湾ミンチはラーメンという制約からさえも自由となり、新たな食文化の担《にな》い手となる可能性を秘めている。我々はその点に着目し、新たなオリジナル台湾ミンチの開発に着手した。名古屋の名店の味を研究し、独自の製法を見出《みいだ》した。それがこの「でらうま台湾ミンチ」なのだ、と。

——我々の「でらうま台湾ミンチ」は食の概念を大きく拡大します。特徴のある味でありながら、驚くほど広範囲に応用が可能なのです。たとえば。

カメラが切り替わり、テーブルの上に並べられた料理が映される。

——ご飯に載せれば台湾丼《どん》。タレをかけた麺《めん》に載せて台湾混ぜそば。ここまでは広く知られた応用ですが、加えて甘口カレーを奥深い辛口に変える台湾カレー。パンに挟んで台湾サンド。バゲットの上にトッピングしてもよし、冷《ひ》や奴《やっこ》に載せてもよし、もちろんそのまま酒の肴《さかな》にしても上等。「でらうま台湾ミンチ」の可能性は無限大です。

ノブタカ・ジョブズは瓶の中身をスプーンでひと掬《すく》いすると口に運び、満足そうな笑みを浮かべた。

——今日はこの動画を見てくれて感謝します。皆さんが我々と同じくらい「でらうま台湾ミンチ」を好きになってくれればと願います。どうもありがとう。

ここで安易に「美味い！」とか叫ばなかったところはポイント高いな、と玲奈は思った。こちらに判断を委《ゆだ》ねながら興味を引くことに成功している。事実、玲奈は興味を持った。

動画に添えられていたリンクから購買サイトに行けたので、すぐに注文した。

その間にいろいろと調べてみた。そもそもなぜ名古屋のご当地料理なのに「台湾」という名前なのか。

ネットで検索するとそのあたりの事情はすぐわかった。もともとは名古屋にある台湾料理の店「味仙《みせん》」が元祖だそうだ。一九七〇年代に台湾出身者だった店主が台湾料理である担仔麵《タンツーメン》を自分好みの激辛味にアレンジしてメニューに加えた。それが八〇年代の激辛ブーム時代に人気となり、名古屋の他の中華料理店も次々とメニューに取り入れるようになって、いわゆる「名古屋めし」の代表格となった、ということらしい。

ネットには台湾ラーメンの画像もいくつか出ている。小振りの丼《どんぶり》にいかにも辛そうな台湾ミンチの赤味と韮《にら》の緑が映《は》えている。スープは鶏《とり》ガラベースのものが多いらしい。見ているだけで口の中に想像上の辛味がひろがり、唾液が分泌《ぶんぴつ》されてくる。これは食べてみなければ。玲奈は期待した。

そして三日後の今日、待望のものが届いた。ノブタカ・ジョブズのポスター付きで。

肝心《かんじん》の品物はポスターの下に入っていた。スーパーで売っている豆板醬によく似た、赤ラベルが貼られた瓶だった。ご丁寧《ていねい》にこのラベルにもノブタカ・ジョブズのイラストが描かれている。いや、イラストだけだと本家ジョブズの似顔絵と変わらない。肖像権的にいささか問題かもしれない。もしうちで扱うならラベルのデザインについてはこちらで提案しよう。そう考えながら瓶の蓋《ふた》を開ける。

まず香るのは豆板醤。醤油もかすかに感じる。大蒜も入っているようだが、それほど強くない。カッツェ・クロサキのメイン・カスタマーである女性層にとっては良いことだ。スプーンで掬って食べてみる。挽肉は食感を失わない程度の大きさで、結構濃いめの味付けながら肉の旨味《うまみ》を感じられる。辛さは……うん、辛い。舌にぴりぴりと来る。しかし嫌な刺激ではない。激辛好きには物足《ものた》りないかもしれないが、広い購買層にアピールできるレベルだ。もう一口。続けて食べると唐がらしの辛さが強くなる。

思いついて備蓄していたカップラーメンを取り出した。これもネットで注文した地方メーカーの商品だが、味に今ひとつパンチが感じられず、続けて食べることなく保管されていたものだ。見ると賞味期限を一週間過ぎている。少し考えたが食べてみることにした。熱湯を注いで三分、蓋を剥《は》がし、台湾ミンチを一匙《ひとさじ》載せてみる。

あ、美味い。一口啜《すす》って頭の中で声が出た。台湾ミンチの辛さがスープの味を実によく引き立てている。この組み合わせで売りたいくらいだ。たちまちのうちにスープの最後のひと滴《しずく》まで流し込んだ。

「合格」

今度は頭の中でなく、口に出して言った。この商品は、ありだ。空になったカップを洗って片付けると、早速アルファフロントの鏡味宣隆氏に向けてメールを書くべく、パソコンに向かった。

2

その後も在宅でのリモートワークが続き、玲奈は必要最低限の買い物以外は外に出ることなく過ごした。それで生きていけないわけではないが、鬱屈《うっくつ》した気持ちはどんどん溜《た》まっていく。カフェで一息つきたい。いや、居酒屋でビールを飲みたい。デパートでこれからの季節のために新しい服を買いたい。いや、買っても着て出かけられるわけではないのだけど。

最近、テレビは消したままだ。最初の頃はそれでも気にして観《み》ていたが、ニュースやワイドショーから聞こえてくるのはネガティブな情報ばかりで気が滅入《めい》ってくる。キャスターが感染者発生状況を示すフリップを手に深刻な顔で現状を語り、専門家と呼ばれる人物が解説をする。この繰り返しだ。いつこの状況が収束するのかもわからず、ただ陰鬱《いんうつ》な話だけが溢《あふ》れだしてくる。もう限界だった。ネットでも同じような話は流れてくるが、あえて無視するようにしていた。本当はこういうのは駄目かもしれないけど、もう無理だ。眼を閉じて耳をふさぐことにした。そのかわり全国の隠れた名産を探すことに熱中する。

明後日《あさって》、販売部とのリモート会議が予定されていた。今はカッツェ・クロサキ全店舗が臨時休業している状態だが、再開時にはその間の損失を取り戻さなければならない。そのためには目玉となる商品が必要だ。玲奈は会議の場で自分が推薦《すいせん》する商品をプレゼンしなければならない。相手は販売部長と同僚《どうりよう》合わせて四人。もちろん同僚もプレゼンをする。毎月の新規採用枠は決まっているので、選ばれるかどうかは競争だった。なんとしても同僚に先んじて自分が推《お》す商品を世に出したい。ここのところ、同僚には販売実績で大きく水をあけられていた。そろそろ起死回生の手を打たないといけない。そのための「実弾」が今日、届くことになっていた。

すでに顔見知りになった宅配便の配達員から「実弾」入りの段ボール箱を受け取ったのは昼時だった。この前の縦長のものではなく、立方体の箱だ。送り主は名古屋の鏡味宣隆――ノブタカ・ジョブズ。

先日メールで問い合わせると、彼からはすぐに返事が来た。

〈我々の「でらうま台湾ミンチ」を貴社で扱ってもらえるなら光栄である。試供品はすぐに送る。我々と貴社との関係が良好で有益なものになることを願う。Think different〉

とことんジョブズかぶれだな、と玲奈はメールの文面を読んで笑ってしまった。ここまでキャラを貫くのはいっそ清々《すがすが》しい。

そして送られてきたのが、この段ボール箱だ。会議前に「でらうま台湾ミンチ」の試供品を部長や同僚に送り、試食してもらうつもりだった。会議に間に合わせるためにはぎりぎりのスケジュールになってしまったが、大丈夫、高木《たかぎ》部長もこれを食べればきっと店で売り出したくなるはずだ。勝てる。

うきうきとした気分で段ボール箱を開けた。

中に入っていたのは、緩衝材《かんしょうざい》に包まれたもうひと回り小さな箱だった。それを開けると薄い包み紙が出てきた。その隙間《すきま》から赤い色が見える。しかしその赤は、この前届いた瓶のラベルとは違っていた。嫌な予感がした。

包み紙をめくり、中のものを手に取った。

「……なにこれ？」

思わず声に出た。

食べ物ではなかった。真っ赤な、靴《くつ》だ。

子供用だろうか、ずいぶんと小さかった。赤いエナメルが艶《あで》やかに輝いていた。甲の部分にストラップがある、いわゆるメリージェーンと呼ばれるタイプのものだ。未使用らしく、アウトソールもきれいだった。インソールには「KOGUCHI NAGOYA」の刻印がある。

子供の頃、こんな靴に憧《あこが》れていたのを思い出す。いや、そんなことはどうでもいい。どうして台湾ミンチが赤い靴に変わった？

怒りが湧《わ》いてきた。とんでもないミスだ。これではプレゼンに間に合わないではないか。

靴を箱に戻し、すぐにパソコンに向かった。

ノブタカ・ジョブズ——いや、鏡味宣隆からの返事はすぐに届いた。

〈信じられない話だ。赤い靴？　何の冗談《じょうだん》だろう。すぐに確認する〉

クレームに対してもジョブズのキャラを保とうとしている。さすがに苛《いら》ついた。「何の冗談」というのも、こちらが嘘《うそ》をついているとでも思われているみたいで、余計に腹が立つ。玲奈は送られてきた段ボール箱と中に入っていた靴の写真を撮ってメールに添付して送りつけた。〈これが証拠です。冗談ではありません〉の一文を添えて。

返事はまたすぐに来た。

〈写真見ました。たしかに赤い靴ですね。疑っているわけではありませんでしたが、不快でしたらお詫《わ》びいたします〉

さすがに今度は普通の文体で書いている。

〈試供品は台湾ミンチの製造を委託《いたく》している梶原《かじわら》フーズから送られてきた箱をそのまま輸送用の箱に入れて送ったものです。箱の中身は間違いないものと信じて確認していませんでした。これからすぐ梶原フーズに連絡して、あらためて試供品をお送りするように手配いたします。この度《たび》は思いもかけないトラブルでご迷惑をおかけし、本当に申しわけありませんでした〉

打って変わって平身低頭の態《てい》の文面だった。それでも玲奈は怒りが治まらない。このまだと肝心のプレゼンに提出するものがない。破滅だ。いや、そこまで深刻ではないけど、破滅に近いかも。少なくとも社内での自分の評価は急降下するに違いない。まったく、なんてことをしてくれたんだ。

彼女はキッチンへ行き、冷蔵庫の中に入れていた「でらうま台湾ミンチ」の瓶を取り出して睨《にら》みつけ、そして溜息《ためいき》をついた。どうせなら一瓶だけじゃなく、もっとたくさん注文しておけばよかった。

ちょうど炊飯器が炊飯完了のメロディを流した。玲奈は茶碗《ちゃわん》に白いご飯をよそうと、その上に台湾ミンチを載せてみた。これが台湾丼か。かなり食欲をそそられるビジュアルだ。テーブルに置いてスマートフォンで写真を撮り、席について箸《はし》を取ると、一口。

ああ、いい。思わず顔がほころんだ。熱々のご飯にピリ辛の挽肉がほどよく馴染《なじ》んで、得も言われぬ味わいだった。続けて二口、三口。箸が止まらない。たちまちのうちに茶碗は空になる。お代わりの欲求をぎりぎりの理性で抑えたが、これは癖《くせ》になる。

やっぱりこれ、うちの店で売りたい。絶対に売れるのに。

無事に試供品が届いてさえいたら。いや、こうなったら試食してもらうことは諦《あきら》めて、自分のプレゼンだけで勝負に出るか。いやいや、この美味しさを共有してもらってからのほうがいいかも。どうする？　どうしたらいい？

空っぽの茶碗を前に、玲奈は考え込んだ。

3

姫からLINEで連絡があったのは、その翌日だった。

【今、話してもいい？】

スマートフォンのディスプレイに表示された文字を見て、玲奈はすぐに悟《さと》った。また何かあったな。

【いいよ】

そう返事を送ると、すぐに着信があった。

――ども。

少し沈んだ声だった。

「どうかした？　また姉さんと喧嘩《けんか》？」

――違う……えっと、違わない。母さんとちょっとだけ、やりあった。でも、それはどうでもいいの。

姫は少し躊躇《ちゅうちょ》しているようだった。玲奈は何も言わずに待った。

――……ねえ、仕事って……どうしてしなきゃいけないの？

いきなり直球が飛んできた。

「どうしてって……まあ、食べてかなきゃいけないからね。働いて給料をもらって、そうやって生活していくわけだから」

——それはそうだけど……訊《き》きたいのはそういうことじゃなくて……なんて言ったらいいのかな、その、働く理由ってお金だけなのかなって。

「労働論？　そういうことを知りたかったらアダム・スミスとかマルクスとか読んでみたら？」

——誰それ？

「哲学者」

——哲学は無理。

「食わず嫌いだね。まあ簡単に言えば労働によって社会に価値を生み出すのが目的ってことかな。もっと簡単に言えば、世の中のためになることをするのが労働」

——世の中のため、かあ。じゃあ、どんな仕事でもいいの？

「いいんじゃない？　価値が認められるなら。でもあんたは福祉《ふくし》の仕事をするために大学に行ってるんでしょ？　将来の仕事は決まってるじゃない」

——……うーん……。

姪は言葉を濁《にご》す。

——……玲奈さんは大学、英文学だったよね。なのにどうして今の仕事をしてるの？

「英文学じゃ食えないから、って言うと夢を壊すかな。でもね、大学で学んだことをそのまま仕事にするつもりなんか、最初からなかったよ」

――そうなの？　じゃあ、どうして大学に行ったの？

「そりゃ英文学を学びたかったからよ。もっと知りたいと思ったし、原文でシェイクスピアとかフィールディングとか読めたらいいなって思ったし」

――そんな理由？　あ、別に悪気があって言ったんじゃないから。でもさ、仕事にできないのに大学で勉強するのって、いいの？

姪はおずおずと訊いてきた。

そうか、と玲奈は思った。姪は大学を職業訓練校みたいに考えているんだな。もしかしたら最近の若者はみんなそう思っているのかもしれない。そういう相手に「大学は学びたいものを学ぶところ」という考えを理解してもらうのは難しいかも。

「……でも、あんただって福祉を学びたくて大学に入ったんでしょ？」

――そうだけど……自分に社会福祉士の適性があるのかなって。

「あるかどうかは、やってみなくちゃわからないところもあるね。心配なら福祉士をやってるひとに経験を聞いてみればいいよ」

――聞いた。それで悩んでる。

「どういうことで？」

——人のためになる仕事ってのはわかるし、そういうことをしたいから福祉の道を選んだわけだし、それはいいの。でも人と接するのってコミュニケーションを上手《うま》くやらないと駄目でしょ。下手《へた》をしたら相手を傷つけたり誤解されたりするかもしれない。そういう話を先輩から聞かされたりして、ちょっと自信がなくなっちゃって。

「そうか。あんたって昔から引っ込み思案だったものね」

言いながら玲奈は思った。多分姪は、ふわっとした理想と現実のシビアさの落差にへこたれているのだろう。そういうことなら。

「福祉を学んだからって、福祉の仕事をしなきゃならないわけじゃないよ。他の仕事をしたって全然大丈夫だし」

——そうなの？

意外なことを言われたかのように、姪は驚いている。

「当然でしょ。大学生の段階でその後の自分の人生を決めつける必要なんかないもの」

——でも、せっかく大学に通わせてもらってるし。親にも悪いかなって。

「それで姉さんと喧嘩した？」

——……うん。

「だったら大学は最後までやり通せばいい。大学で勉強しながら自分の将来を考えればいいんだから。今は大学、休講なんでしょ？」

――うん、来月まで行けない。

「だったら今のうちにいろいろ考えてみたら？　時間はあるんだし」

――……そうか。それでもいいのか。

「いい。全然いい」

――なんか、玲奈さんにそう言われたら、それでいいような気がしてきた。

姪の声が少し明るくなった。

「あんたも家から出られなくて、ずっと家族と顔を合わせてて、だから喧嘩にもなるんだよ。今はそういう状況なんだから、しかたないって」

――そうだね。外に出られないからむしゃくしゃしてるんだ。あーあ、どこかに遊びに行きたいなあ。

「緊急事態宣言が終わったら、一緒に買い物に行こうか」

――いいね。あ、それよりかさ、旅行に行かない？　名古屋とか。

「名古屋？　あんた名古屋が好きだねえ。そんなにいいところ？」

――いいところって言うか……。

また言葉を濁す。でもこれは先程の躊躇とは違う感じだ。

「向こうで恋人でもできたか」

――そ、そんなじゃないって。違うってば。

あからさまにうろたえている。突っ込んでやりたかったが、あまりやりすぎるとまた落ち込まれそうなので止《や》めておこう。代わりに尋《たず》ねてみた。

「名古屋っていえばさ、台湾ミンチって知ってる?」

――たいわんみんち?

「台湾ラーメンにトッピングされてるピリ辛の挽肉」

――あ、台湾ラーメンなら名古屋で食べた。美味しかった!

「そうか。今わたし、その台湾ミンチを店で売り出せないか計画してるんだ。あの味、受けると思う?」

――思う思う。わたし辛いのも大好きだから。あー、またあの台湾ラーメン食べたくなってきた。絶対にまた名古屋に行こう。名古屋駅の近くにね、すっごく雰囲気《ふんいき》のいい喫茶店があるの。そこの小倉《おぐら》トーストもすっごく美味しかったんだよ。

それからしばし姫の名古屋話が続いた。どうやらその喫茶店のひとたちにずいぶんと良くしてもらったらしい。

「いいねえ。わたしも名古屋に行ってみたくなった。今までそんなこと考えたこともなかったけど」

――でしょ? 名古屋って通過点みたいな感じだから、わざわざ行くって感じじゃなかったんだけど、結構いいとこだよ。今度絶対に行こうよ。

「わかった。じゃあこのめんどくさい状況が終わったらね」

——うん。

姪の声は、すっかり明るくなっていた。玲奈も笑顔で電話を切り、それからすぐにその笑みが消えた。

姪には偉そうなことを言ったが、彼女自身、自分の仕事に疑問を持ちはじめていたのだ。毎月のノルマ、果《は》てのない会議、取引先との消耗《しょうもう》するやりとり。果ては、赤い靴だ。どうしてこうなったのか。

就活でカッツェ・クロサキを展開する株式会社黒崎《くろさき》食品を受けたとき、面接で「どうして我が社を選んだのですか」というお決まりの質問をされたことを思い出した。彼女はそこで、初めてカッツェ・クロサキの店に入ったときのことを話したのだ。

「まるで図書館みたいだって思いました。並べられたり積み上げられたりしている商品がみんな、いろんなことを教えてくれる本みたいで。それだけひとつひとつの商品に物語があって、どれも楽しそうだったんです。こういう店で働いたら司書みたいで面白いかもって思いました。それでバイトに応募したんです。半年くらい働きました。その間に御社のことをいろいろ調べて、商品開発にものすごく力を入れておられることを知りました。店舗で商品を売るよりそちらのほうがもっとわくわくして面白そうだと思って、応募しました」

今から思えば赤面ものの答弁だったが、それでも採用された。採用通知を受け取ったときは文字どおり踊りだすくらいに嬉しかった。そのときの気持ちは今でも忘れてはいない。忘れてはいない……だが、そのときの気持ちのままではいられなかった。組織の中で仕事をしていれば、ままならないこともたくさんある。理不尽《りふじん》なことも納得できないこともある。それを受け入れ、あるいは受け流し、毎日を過ごしていかなければならないと知った。

「……世の中のためになることをするのが労働、か」

ついさっき、姪に向かって偉そうなことを言った自分を嗤《わら》いたくなった。

4

〈「でらうま台湾ミンチ」誤配送の件につきまして、ご迷惑をおかけしております〉

と、鏡味宣隆からメールが届いたのは、その日の夕刻だった。

〈代わりの商品は本日発送いたしました。今回は私が中身を確認しておりますので、間違いありません。これでまた靴に替わっていたら、それこそミステリーです〉

他人事《ひとごと》みたいな言いかただな、と玲奈は思う。それともこれはフラグなのか。次に届くものも開けてみたらやっぱり赤い靴だったりして。だとしたら明らかに鏡味という人物の仕業《しわざ》だが。

〈併せて現在までにわかっていることを報告いたします。前回のメールにも書きましたとおり「でらうま台湾ミンチ」は名古屋市西区《にし》の梶原フーズに製造を委託しております。この社長は我が社の「アルカイック・サーガ」のファンであり、その縁から私とも個人的な繋《つな》がりができました。梶原フーズは様々な店より委託され、ステーキソースや中華スープなどを製造しておりまして、その交遊関係の中からアルファフロントでも新しい商品をプロデュースできないかという話が持ち上がり、諸々《もろもろ》検討の結果、名古屋名物である台湾ラーメンにトッピングされる台湾ミンチを独自に開発して売り出すことに決まりました。開発には我が社と梶原フーズの社員の他、台湾ラーメンをメニューに加えている中華料理店の店主や名古屋で活躍《かつやく》しているグルメライターの協力を得て、広く愛される味を追求いたしました。クオリティには絶対の自信を持っております〉

　報告というより宣伝と自慢だな。それだけ意気込んでいるということか。

〈今回、貴社から取引の打診《だしん》をいただき、我々も梶原フーズ社長も大いに発奮《はっぷん》いたしました。貴社のような全国的に展開されているショップに並べられるということは、我々にとってまたとない機会です。なので関係者一同大いに発奮しました〉

「発奮」が重なっている。メールを送る前に推敲《すいこう》しなかったのか、それとも本当に発奮していて気が回らなくなっているのか。

〈前回小森様にお送りした品も、梶原フーズの社長が細心の注意をもって製造瓶詰めをしたものでした。今回の誤配送についてはまるで理解のできないことで、どうしてこんなことになったのか見当もつかないと申しております。製品は梶原フーズから私の許《もと》に届けられ、それをそのまま小森様宛にお送りいたしました。配送用の段ボール箱に入れる以外、なんの手も加えておりません。そのような経過ですので、なぜ途中で中身が替わったのか、いまだに想像もつかない状況です〉

想像もつかない、と言われても、実際こちらに届いたのは赤い靴だった。何らかのトラブルがあったことは間違いないのだ。

〈配送用に包装した箱は、私の甥《おい》に頼んでコンビニに持ち込ませました。そのときに入れ換えたのではと追及しましたが、甥はそのようなことはしていないと否定しました。生真《きま》面目《じめ》な人間なので、そういう悪戯《いたずら》をするとも考えられません〉

玲奈は溜息をついた。こちらとしては正しい商品さえ届けばそれでいいと言えばいいのだが、この不可思議な出来事を未解決のままにされるのは気分が悪い。

〈嫌疑《けんぎ》をかけられた甥も気にしているようで、独自に調べてみると言っております。何かわかりましたらご連絡いたします。よろしくお願いいたします〉

これでメールは終わっていた。

なんかこれ、何もわからないままで終わってしまいそうな予感がする。玲奈はパソコンのディスプレイを見つめながら思った。

本当にこの会社と取引をしても大丈夫なのだろうか。できれば今すぐにでも名古屋に行ってノブタカ・ジョブズ、いや、鏡味宣隆なる人物に会って話をし、製造している現場も自分の眼で見て確認をしたかった。しかし今は家から出ることさえ難しい。この状況が歯がゆくてならなかった。

「……あー、もう！」

思わず不満の声を洩《も》らしたとき、ぴんぽーん、とインターフォンが鳴った。またも宅配便だった。外出自粛している中、配達員を何度も走らせていることを少し後ろめたく思いながら荷物を受け取る。

届いたのは宅配便会社が配送用に用意している厚手の封筒だった。送り主は尾上恵美《おのうえめぐみ》、会社の同僚だ。

中から出てきたのはレトルトパックひとつとコピー紙一枚。

【この「貝柱カレー」は本当に美味しくてびっくりしました。絶対に店に置くべきです】

短いが自信に満ちた文面だった。今回の企画会議のために尾上が推薦する商品が、これらしい。

玲奈は尾上の丸っこい顔を思い出す。食べることが誰よりも好きで、それだけに美味しいものに対する嗅覚《きゅうかく》は鋭かった。これまでも彼女が見つけてきて売り出された商品はいくつかある。どれも売れ行きは悪くなかった。

今回彼女が勧める商品とは、果してどんなものか。玲奈は早速ご飯を炊いて試食することにした。

熱湯で温めたレトルトパックを破り、炊きたてのご飯の上にかける。成分表を見るとバカ貝の貝柱、いわゆる小柱を使っているらしい。たしかに小さな貝柱がたくさん入っていた。ホタテを入れたカレーならいくつもあるが、これは珍しかった。食べてみるとシーフード系の風味があり、小柱の食感もよかった。悪くない。いや、結構美味しいかも。

強敵だな、と食べながら思った。やはり実食してもらわないと勝てないかもしれない。

しかしもう時間切れだ。台湾ミンチは今日名古屋から発送されたというから、届くのは明日か。すぐにリモート会議のメンバーに送ったとして、行き渡るのは明後日。間に合わない。

アルファフロントから直接メンバーに送ってもらえば時間が節約できたのだが、個人情報保護のためサンプルは企画者が各メンバーに送るのがルールになっている。もどかしいが、しかたない。

他のメンバーがエントリーしてきた商品は、すでに試食済みだった。ロシア産鹿肉《しかにく》のジャーキー、ウズラの卵の蜜煮《みつに》、サツマイモ粉を使ったホットケーキの素《もと》、といったラインナップだ。どれもなかなかのインパクトだったが、加えて尾上が推す貝柱カレーだ。今回はみんな、力の入った商品を用意してきたようだった。それでも「でらうま台湾ミンチ」なら勝算はあった。間に合いさえすれば。

玲奈は溜息をついた。今回採用されなかったら何連敗になるのだろう。前回のタケノコチップスが没になったときは、かなり落ち込んで、珍しく自棄酒《やけざけ》に逃げてしまった。今度駄目だったら海外にでも逃げるか。いや、今は外国どころか家を出ることさえままならない。どこにも逃げられない。ネット通販でワインを買い込みウーバーイーツで注文したトルコ料理でひとり惨敗《ざんぱい》の傷を舐《な》めるか。いやいや、今から負けたときのことを考えてはいけない。強気で行こう、今は。

玲奈は最後の賭《か》けに出ることにした。

5

――では、今回は寺島《てらしま》さんが提案してくれた「サツマイモホットケーキの素」を採用ということで。

ディスプレイの中で高木部長が言った。髭はきれいに剃《そ》っているが、髪が伸び放題になっていた。普段着らしいTシャツの上に言い訳のようにジャケットを着ている。少し太ったように見えるのも巣籠《すご》もり生活が長くなったせいだろうか。

──皆さん、今日はご苦労さまでした。なかなか興味深いものが揃ったね。このテレワークもそんなに悪いものじゃなかったってことかな。次回もいいものを探してくださいね。よろしく。

「あ、待ってください」

玲奈は言葉を挟んだ。

「あの、『でらうま台湾ミンチ』ですけど、もう一度エントリーしてもいいですか。今度は試供品が間に合うようにしますから」

──別にいいよ。君のプレゼンを見て興味が湧いたから、実際に食べてみたいしね。でもそのときは、配送についてもっとよく連絡を取っておいてよね。間違ったところに送って届かなかったなんて、あんまり褒《ほ》められたことじゃないから。

「……はい」

玲奈は頷《うなず》いた。他のメンバーのディスプレイにも縮こまった自分の姿が映し出されているのだろうなと思うと恥ずかしい。

リモート会議から離脱すると、彼女は大きく息をついた。目の前に半分食べた台湾丼の茶碗が置いたままになっている。玲奈は会議の席で自分が台湾ミンチをご飯にかけて食べて見せたのだ。自身のリアクションでアピールするつもりだった。しかしやはり、限界があったようだ。

「……でも、まさかホットケーキの素に負けるとはなあ」

声に出して口惜《くや》しがる。きっと高木部長がサツマイモ好きなんだ。だからなんだ。

椅子《いす》を百八十度回転させると、キッチンが見える。そのテーブルに届いたばかりの「でらうま台湾ミンチ」の瓶が並んでいた。時すでに遅し。いや、来月がある。捲土重来《けんどちょうらい》。

パソコンにメールが届いていた。すぐに開いてみる。

〈アルファフロントの鏡味です。いつもお世話になっております〉

噂《うわさ》をすれば影、だ。ジョブズ口調はすっかり消えて、典型的なビジネスメールになっていた。

〈我が社の「でらうま台湾ミンチ」は届きましたでしょうか。今回は間違いないと思いますが、大丈夫だったでしょうか〉

かなり弱気になっているみたいだった。

〈この度はご迷惑をおかけしまして、返す返すも申しわけなく思っております。誤配送の件につきまして、ご説明いたしたいと思っています。できれば貴社にお邪魔して直接お詫びを申し上げたいところではありますが、昨今の状況により、それも叶《かな》いません。つきましてはZoomによるリモート会議にてお話をさせていただくわけにはまいりませんでしょうか。我が社の商品が小森様の許に届いたときに何故《なぜ》赤い靴に替わってしまったのか、ご説明いたしたく思います。よろしければお時間をいただけませんでしょうか〉

最近は何でもリモートだ。いわゆるリモート飲み会の誘いも何回か来ているし、参加したこともある。しかし謝罪までリモートでされる時代になったとは。

とはいえ、赤い靴の謎《なぞ》については気になっているところだ。その謎が解かれるというのなら、興味がある。早速返信した。何度かのやりとりの末、明後日の午後に鏡味宣隆と「面会」することになった。

6

当日、先方が送ってきたリンクから会議室に入ると、ディスプレイには自分ともうひとり、髭面《づら》の男性が映し出された。彼のフレームには「Nobutaka_Jobs」と名前が表示されている。

――あ、小森さん、ですか。

「はい。鏡味さんですね。はじめまして」

――はじめまして。今日はお手間をとらせてしまいましてすみません。よろしくお願いいたします。

ずいぶんと低姿勢で挨拶《あいさつ》をしてきた。こうしてみると、やっぱりスティーブ・ジョブズによく似ている。服装は定番のタートルネックではなく、襟《えり》が少し綻《ほつ》れた青いシャツだったが。

「あの、失礼なことをお聞きしますけど、鏡味さんのご両親のどちらかが白人の方なんですか」

――いえ、父も母もモンゴロイドです。この鼻の高さはどちらにも似てないいんですよ。

鏡味は笑った。

――あんまり似てないいんで、子供の頃は実の親じゃないいんじゃないかって思ったくらいです。でもね、じつは祖父が俺《おれ》にそっくりなんですよ。鼻筋通ったいい男でしてね。そのせいかかなりもてたらしいんです。たしかに死ぬまで近所の女性陣に好かれてたなあ。そこは俺、遺伝しなかったんですけどね。

「はあ」

――いやほんと、どうして同じような顔立ちなのに俺はもてなかったのかなあ。高校のときにはじめてデートに誘った女の子も、二度目はなかったし。ナディアに似てたかわいい子だったんだけど。

「ナディア?」

――「ふしぎの海のナディア」ですよ。NHKで放送してた。総監督が庵野秀明《あんのひであき》、ナディアの声を鷹森淑乃《たかもりよしの》がやってて。

勢い込んで話しだす。デートのときにもこんな勢いで女の子に語ったのだろうか。それならたしかに二度目はないよな。

「あの、それで赤い靴の件ですけど」

いつまでも続きそうな鏡味のアニメ話を遮《さえぎ》って尋ねる。

――あ、はいはい。

「何かわかったんですか」

――ええ、わかったみたいです。

「みたい？　どういうことですか」

――えっとですね、そのことを説明させるためにここに呼んでるんですけど。

「誰か、他のひとも来るんですか」

――ええ。時間は教えてあるからもうすぐ……あ、来た来た。

鏡味が視線を逸《そ》らし何かを操作している。と、ディスプレイに三つ目の画像枠が現れた。

そこに映し出されたのは、若い男性だった。

――聞こえますか。見えてますか。

新しい参加者が言った。二十歳《はたち》過ぎくらいだろうか。これといって特徴はないが、なんとなく人好きのする顔立ちをしている。白いTシャツを着ているようだった。

――聞こえるよ。画《え》も見えてる。

鏡味が言うと、

──遅れてすみません。じいちゃんと話してたら遅れちゃって。

男性が済まなそうに微笑《ほほえ》んだ。人好き度数がさらに四十パーセントほどアップした。

──甥の龍《とおる》です。

鏡味が紹介した。

──はじめまして。鏡味龍と言います。

「あ、はい。はじめまして。黒崎食品の小森と申します」

よくわからないまま挨拶をする。

──龍が小森さん宛の荷物を宅配に持っていったんですよ。

鏡味が説明した。そういえば前のメールにそんなことが書いてあった。

──それで今回のことで責任を感じちゃったみたいで、いろいろ調べてくれたんです。

「ああ、そうなんですか」

──そうなんです。それでわかったことを説明してもらおうと思って今日、呼んだんです。俺もまだ真相は聞いてないんですけどね。龍、それで謎は解けたのか。

──解けたっていうか……うーん。

龍は煮え切らない言いかたをした。

──とにかく、話すね。まず事実としてわかっていることだけど、小森さんのところに叔父《おじ》さんからの荷物が届いて、中身が赤い靴だった。その荷物は俺がコンビニに持ち込んだ。叔父さんは梶原フーズから届いた箱を中身を確認せずに包装して俺に渡した。梶原フーズでは台湾ミンチの瓶を箱詰めしたと主張してる。以上。

要領よく説明してくれた。頭の回転はいいようだと玲奈は思う。

——じゃあ中身が掏《す》り替えられたのはいつか。後のほうから可能性を考えてみるね。まず小森さんのところに届いたときに掏り替えられた。つまり宅配便関係者の誰かがやった。

「そんなこと、ある？」

小森は思わず口を挟んだ。

——ない、と思います。

龍は答える。

——小森さんが叔父さんのところに送った赤い靴の画像には、一緒に段ボール箱も写ってました。その箱に貼り付けられていた送り状は俺が持ち込んだときに貼られていたものです。こちらにある控えと照合したから間違いありません。箱だけ同じもので中身だけ替えた可能性も考えられますけど、そもそもそんなことをする理由がないし。

——配達員が中身を破損させて、それを誤魔化《ごまか》すために入れ換えたのかもしれないぞ。

鏡味が言った。

——瓶がもしも割れたりしたら、中の台湾ミンチがこぼれ出て段ボール箱も汚してたはずだよ。とにかく宅配業者がやったとは考えられない。だとすると次、俺がやった。

「え？　あなたがやったの？」

——あ、いいえ。もしも俺がやったとしたらってことです。叔父さん、俺にあの荷物を渡したときのこと覚えてる？

——ああ、たしかどこかに出かけようとしてたな。

——うん、コンビニに行こうとしてたんだ。そしたら「だったらついでにこれを送っといてくれ」って荷物を渡されたんだよ。それですぐに出かけて、コンビニで荷物を送ったんだよね。荷物を受け取って五、六分くらいでもう送ってる。そんな短い間に中身を掏り替えるのは無理だよ。

——おまえがすぐに送ったかどうかわからないぞ。どこかで中身を入れ換えてからコンビニに行ったかもしれない。

——いきなり渡されたものを入れ換える理由なんかないよ。

——どうかなあ。その赤い靴がおまえの犯罪の証拠だったりして。それをどこかに捨てようとしてたちょうどそのときに俺が段ボール箱を渡したもんだから、これ幸いとそこに入れたのかもしれない。

——なんだよその犯罪の証拠って。

——赤い靴履《は》いてた女の子を連れていった異人さんって、おまえのことだろ。

——異人さんって。そこまで疑うんならさ、コンビニで確認を取ればいいよ。俺が持ち込んだ荷物を受け取った記録が残ってるはずだからさ。きっと中身を入れ換える時間なんかなかったってわかるよ。

——うーん……いや、そこに何らかのトリックがあるかもしれないな。コンビニの機械に細工《さいく》して時間をずらしたとか。それとも俺に時間を誤認させて、じつは入れ換えをする時間の余裕があったことを気付かせないようにしたとか。

——そんな面倒なこと、するわけないでしょ。

——どうかな。おまえは結構頭の回る奴《やつ》だからな。完全犯罪を成立させるためには——

「あの、いいですか」

我慢《がまん》できなくなって玲奈は口を挟んだ。

「なんだか話がおかしなほうにずれてるみたいなんですけど。龍さん、でしたね。あなたは箱の中身を入れ換えたんですか」

——いいえ、そんなことはしていません。

「だったらいいです。信じますから」

——初対面の人間をそう簡単に信じていいんですか。

鏡味が混ぜ返した。

——こういう人の好《よ》さそうな顔をした奴が意外に悪いことをするかもしれませんよ。そのほうが話が面白くなるし。

「面白くしなくていいです。わたしは本当のことが知りたいの」

玲奈は主張する。

「龍さん、もっと端的に話してもらえませんか」

——ああ、はい。すみません……。

龍は恐縮したようだった。玲奈は少し言いすぎたかなと内心で反省する。

——では端的に話します。いろいろと考えた結果、叔父さんが箱を受け取った時点で中身は靴だったと考えるのが妥当《だとう》だと思いました。つまり品物は梶原フーズで箱詰めされたときに入れ換えられた。

「でも、梶原フーズでは社長が瓶を箱に詰めたと証言してるんですよね？」

——そうです。

答えたのは鏡味だった。

——俺には、そう断言してました。

「それが嘘だと言うんですか」

玲奈の問いかけに、龍は少し間を置いて答える。

——梶原フーズというのは、いろいろなところから委託されて、納品先のブランド名で食品を作っているそうです。こういうのをＯＥＭっていうみたいですけど。あそこではいくつかの店の名前のものをＯＥＭで作ってるんです。梶原フーズのサイトに、取引先の名前が出てます。えっと、ちょっと待ってくださいね。

ディスプレイにインターネットの画面が表示された。

——これが梶原フーズのサイトです。ここに取引先一覧があります。わかりますか。

ポインタが画面の一部を丸く示す。

「はい、わかります」

これが「画面の共有」というものか。会社のリモート会議ではまだ誰も使っていない技だ。今度やってみよう。

——ここを見てください。

ポインタがひとつの名前の上で止まった。

——中区《なか》にあるステーキの店です。名前は「red shoes」。

レッド・シューズ……赤い靴。

思い出した。ネットを巡っているとき見かけた。たしかステーキソースを……。

——梶原フーズではこの店のブランドでステーキソースを作っています。隠し味にマンゴーとかが入ってるって説明があります。

マンゴー入りのステーキソース。面白い。後で調べてみよう、と玲奈は心でメモを取る。

——今度は「red shoes」のサイトに移ります。

画面が変わった。分厚い肉が焼かれている画像がアップになる。それに「red shoes」

というロゴがオーバーラップした。

——この店は先月、創業十周年を迎えたそうです。それを記念してキャンペーンを行っていました。

また画面が切り替わる。「10 years anniversary!」の文字が躍っていた。十周年を記念して、店で食事をしてくれた客に抽選《ちゅうせん》でプレゼントを進呈する、というキャンペーンだ。賞品は店のステーキソース、店の食事券、そして……。

「……赤い靴？」

一等商品は、店の名前にもなっている赤い靴だった。応募用紙に書かれている靴のサイズどおりのものを贈るという。サイトに掲載されている靴の画像を見て、玲奈は呟《つぶや》いた。

「同じ靴……」

——ええ、小森さんのところに届いたのと同じエナメルの靴です。

「じゃあこれは、当選賞品ってこと？　それが間違ってわたしのところに届いたの？」

——そういうことだと思います。

——ちょっと待てよ。

鏡味が口をはさんだ。

——梶原フーズは食品製造をしているだけで、靴なんか取り扱ってないんだろ？　どうしてプレゼント商品の靴が梶原にあって、俺の「でらうま台湾ミンチ」と入れ換えられたんだ？

「言われてみると、たしかにそうね。靴は『red shoes』ってお店から発送されるか、靴屋から直接送られるのが普通じゃないかしら？」

玲奈も疑問を呈した。しかし龍は冷静に、

――俺もそれは考えました。だからさらに調べてみたんです。小森さんから送られてきた靴の画像を見ると、インソールに「KOGUCHI NAGOYA」って刻印が入ってますよね？

「ええ」

――その「KOGUCHI NAGOYA」を検索してみると、名古屋市西区にある「小口《こぐち》靴店」という靴製造の店がオリジナル商品に付けてる刻印だとわかりました。今度はその店のサイトを見せますね。

ディスプレイ上に他のサイトが映し出される。金槌《かなづち》を手に革靴を作っている職人の姿が出てきた。

――このサイトにはブログもあって、店のオーナーが新作の靴のこととか自分の日常とかを書いてます。それで、ここを見てください。

画面がスクロールする。

――去年の十一月二十二日の記述です。このオーナーの趣味は海釣りで、よく友達と海に出かけてるみたいなんですけど、この日も何人かと知多《ちた》半島の冨具崎《ふぐさき》港に行ってます。

三人の男性が釣果《ちょうか》を掲げて自慢げに写真に収まっていた。

――右側が小口靴店のオーナー小口朋也《ともや》さん、そしてひとりおいて左側にいるのが梶原俊行《としゆき》さん、梶原フーズの社長さんです。

「え？　どういうこと？」

――小口靴店のオーナーと梶原社長は釣り仲間なんですよ。ブログの他の記事を読むと梶原社長は小口靴店でオーダーメイドの靴を作ってもらっています。それくらい懇意《こんい》にしてるってことですね。

――だとしたら、「red shoes」のキャンペーン賞品として小口靴店の靴を採用したのは、梶原社長の口利《くちき》きなのか。

鏡味が言うと、龍は頷いた。

――そう考えていい、と俺は思ったよ。だから梶原社長に直接尋ねてみた。といっても電話だけどね。これだけの証拠を並べて訊いてみたら社長さん、正直に話してくれたよ。たぶん、自分が間違えて発送したんだろうって。

「やっぱり梶原フーズで誤配送したわけね？」

――ええ。社長が「red shoes」から教えられた当選者の住所に送ったそうです。一方で社長は台湾ミンチを瓶詰めして段ボール箱に入れました。それが同じ日だったんです。

「でも梶原フーズの社長は、鏡味さんから台湾ミンチの送り先に赤い靴が届いたって話を聞いたら、すぐに誤配送だって気付くはずよね。なのに『どうしてこんなことになったのか見当もつかない』とか言ったのはなぜ？」

——知らぬ存ぜぬを通せば、うやむやになると思ったんでしょう。まさか「red shoes」のキャペーンとか自分の友人関係まで調べられるとは思ってなかったんじゃないかな。

——なんとねえ。あの社長の凡ミスってことか。

鏡味が眉《まゆ》をひそめる。

——しかもそのことをシカトしようとしたわけだ。これは問題だな。今後の取引のことも考え直さないといかんな。

——いや、そこはあまり強く咎《とが》めないでほしいんだけど。

龍が叔父に言った。

——この新型コロナウイルスの影響で梶原フーズもかなり大変みたいなんだ。いくつも注文がキャンセルされちゃってるみたいでさ。だから叔父さんの仕事まで無くしちゃうのは、かわいそうだよ。

——しかしなあ……。

渋る鏡味に、龍は言葉を続けた。

——今度のことは申しわけないって社長さんも言ってる。間違えた品物は責任を持って自分が交換するからって。だからさ、お願い。許してあげてよ。ごめん。

まるで自分が過《あやま》ちを犯したかのように、龍は謝る。

——おまえに「ごめん」って言われてもなあ。

さすがに鏡味も苦笑した。

「いいんじゃないですかね」

玲奈は言った。

「遅くなったけど台湾ミンチは届いたんだし。靴はわたしのほうから梶原フーズに返却しますから」

——あ、そうしていただけるとありがたいです。

鏡味は一転、にこやかな表情になる。

——送るのは着払いでいいですから。

当然です、と言いかけて、やめておいた。

「でも問題は赤い靴が当選したひとですよね。靴が届いたと思ったら、中身が台湾ミンチだったわけだから」

——そちらも梶原社長が謝っておくそうです。

龍が言った。

——誤配送した台湾ミンチは、そのまま食べてもらっていいからって。

それも当然だな、と玲奈は思う。

「それにしても龍さん、地道によく調べましたね。あなたが謎を解いてくれなかったら、もやもやしたまんまでした」

——謎を解くなんて、そんな大袈裟《おおげさ》なものじゃないですよ。

面映《おもはゆ》そうな表情で龍は言った。謙遜《けんそん》する仕種もなんだか好感度が高い。

不思議なものだ、と玲奈は思う。名古屋で生まれたのに台湾の名前を冠した奇妙な食べ物に興味を持ったおかげで、思ってもみない出会いがあった。もし味仙の店主が台湾出身でなかったら、彼が名古屋に住んでいなかったら、台湾ラーメンというメニューが生まれることはなく、台湾ミンチが世に出ることもなかった。そして自分は名古屋に興味を持つことも、このひとたちに出会うこともなかった。縁とは本当に不思議なものだ。

「この自粛騒ぎが終わって行き来ができるようになったら、一度名古屋に伺《うかが》いますね」

玲奈は言った。

「もしも来月『でらうま台湾ミンチ』が会議で採用されたら、具体的にお話もしたいと思いますし」

——それはもう、願ったり叶ったりですよ。

鏡味が言った。

——そうなったら、Win-Winですね。

「ですね。そのときは姪も一緒かもしれません。名古屋にいい喫茶店があると言ってたので、一緒に行こうと思って」

——なんて喫茶店ですか。

龍が尋ねてくる。

「さあ、名前は聞かなかったですけど。よかったら龍さんもそのときに会いませんか。姪は龍さんと同い年くらいだから、話が合うかもしれませんし」

そう言ってから、自分で「え？」と思った。なんでこんな差し出がましいことを言ってしまったのだろう。

——はあ……。

ディスプレイの中で困惑する龍の顔を見て、ああ、と思った。彼なら姪の屈託《くったく》をほぐしてくれそうな気がしたのだ。自分がそうしてもらったように。

——いいですねえ。

応じたのは鏡味だった。

——ならば俺が一席、設けましょう。美味い名古屋めしをたくさん紹介しますよ。なあ、龍。

——あ、うん。

前のめりな叔父と当惑気味な甥の顔を見て、玲奈は思わず微笑んだ。名古屋行き、楽しいものになるかも。

この厄介《やっかい》な自粛生活の中で、ひとつの楽しみができた気がした。

第5話

なごやんと知らなかった姉の謎

1

百年後、この時代のことはどのように評価されているだろう、と明壁麻衣《あすかべまい》は考える。

グローバル化が急速に進み、物や情報の交流が世界的規模に広がった時代に起こったパンデミックは、その基盤ともいえる人間同士の接触をいとも容易《たやす》く断ち切った。たったそれだけのことで数千年にわたって人類が築き上げてきた文明が存亡の危機に陥《おちい》っている。

いや、それはさすがに言い過《す》ぎか。新型コロナウイルスに文明が滅ぼされることは、多分ないだろう。しかし変容は避けられない。産業も文化も娯楽も教育も、その仕組みを考え直さなければならない状況に追い込まれている。

今の自分がそうだ。もう何ヶ月も大学に通っていない。研究も滞《とどこお》っている。このままでは修士課程がいつ終わるか、見当もつかない。そもそも大学の対面講義がいつ再開できるのか予想も立たない。現状のリモートによる講義には限界がある。

やはり大学を卒業した時点で就職するべきだったか。大学院には進まず、とりあえずどこかの会社に潜《もぐ》り込んで、数学史の研究は趣味で続けていればよかったのか。

いや、そんな選択肢《せんたくし》は自分にはなかった。麻衣は思いなおす。あのとき、国芳《くによし》も言った。麻衣さんはとことん追究したいひとでしょ、と。

夫の国芳は心臓外科医として名大《めいだい》病院に勤《つと》めている。彼も自分の専門分野以外にはほとんど興味を持たず、病院と自宅とを行き来するだけの毎日を嬉々《きき》として過ごしている。唯一趣味らしいことといえば自室でアニメを見ることくらいだった。

そんな国芳に今回のコロナ禍《か》について見解を訊《き》いてみたことがある。彼は「僕の専門外のことだけど」と断った上で、

「未知のウイルスだから当然、これから新しいことがいろいろわかってくると思う。その都度専門家の言葉も変わるかもしれない。ときには相反する見解が同時に出て混乱もするだろう。そういうとき危ないのは、方向転換を躊躇《ちゅうちょ》することだよ。自分が信じていたことが間違っていたかもしれないと思ったら、すぐに立ち止まって考え直す。そして間違いは修正し、正しいと判断できる方向へと転換する。人間って一度踏み込んだ道が正しくなかったと気付いても、すぐには止まったり戻ったりできないけど、間違った方向に進めば進むほど、取りかえしがつかなくなるだけだからね。それと気を付けなきゃいけないのは、一足飛びに結論を出すような言説は疑うこと。こういう状態が長く続くと耐えられなくな

って、どうしても安易な結論に縋《すが》りたくなるんだ。でも科学に明解さを求めるのは間違いだ。科学とは仮説と検証を繰り返し、行きつ戻りつしながら進んでいくものだから。それは麻衣さんもわかってるよね。だから専門家の研究を見守りつつ、今は確実なことをしていく。密閉、密集、密接を避け、こまめに手を消毒する。それだけでも随分《ずいぶん》と自衛できると思うよ。それと自分が無症状の感染者になっている可能性も否定できない以上、外出時のマスク着用も必要だね」

その意見には納得できたので、麻衣も行動指針とした。外出は極力避け、出かけるときはマスクを着けた。今のところ、夫婦揃《そろ》って異常はない。

緊急事態宣言も解除され、感染者数も減少した六月の末、麻衣は久しぶりに名古屋駅に向かった。どうしても行っておきたいところがあったのだ。

昼過ぎの駅構内の混雑は元に戻っているようだった。太閤通口を出て駅西銀座へ向かうと、行き交《か》うひとが格段に少なくなるが、これはパンデミック前から変わらないことだ。

喫茶ユトリロも、何も変わっていないようだった。

「いらっしゃい」

ドアを開けると声がかかる。

「おや、久しぶりだね」

「はい、お久しぶりです」

手製らしい絞り模様の入った紺《こん》色のマスクをしている敦子に一礼して、麻衣は空《あ》いている席に腰を下ろす。客は他にいない。

「今日は龍《とおる》に用かね？」

水のコップとお絞りをテーブルに置きながら敦子が尋《たず》ねた。

「はい。二時に会う約束をしてます」

「じゃあ、もうすぐこっちに来るね。ちょっと待っとってね。何か飲む？」

「アイスコーヒーをお願いします」

水を飲もうとしてコップを口許《くちもと》に持っていき、マスクを着けたままだったことに気付く。

「わたしもようやるよ、それ」

敦子が苦笑する麻衣に言った。

「昨日も御飯を食べようとしたけどマスクのまんまだったで、御飯粒をマスクに付けてまったわ」

「やっぱり慣れませんよね、これ」

「ほんと。早《は》よこんなもんせんでええようにならんかしゃん。えらいでかんわ」

程なくアイスコーヒーがテーブルに置かれた。白い陶器製のピッチャーに入ったシロップを注ぎ、ミルクは入れないでストローで飲む。甘味と苦み、そして香ばしい香りが鼻と喉《のど》を吹き抜けていった。うん、いい。ここのコーヒーの濃さはやはり自分好みだ。

「そういや、あんた結婚しとるって？」

敦子が尋ねてきた。

「はい、してます」

「まだ学生さんでしょ？」

「大学院に通ってますけど」

「学生結婚かね。ええねえ」

「いいですかね」

意外な反応だった。これまで彼女が結婚していると知った相手は「どうして？　まだ早いでしょ」と言うことが多かったのだ。

「そりゃええよ。早いうちに添《そ》い遂《と》げるひとを見つけられたんだもんねえ。旦那《だんな》さん、お医者さんだって？」

「はい」

「ええねえ」

敦子は繰り返す。

「うちの龍も、早よ結婚してくれんかしゃん」

「龍君、そういう相手がいるんですか」

「おらんおらん」

大袈裟《おおげさ》に手を振った。

「でもねえ、あの子もそういう相手がおれば、気も休まれせんかと思ってねえ」

どうやらこのひとの頭の中では「結婚＝安定＝幸福」という図式があるようだ。異論はあったが、異議は唱《とな》えなかった。

店の奥にあるドアが開いた。話題の主の登場だ。

「あ、どうも」

のっそりといった感じで挨拶《あいさつ》をした後、龍はおもむろにマスクを装着して麻衣の向かいの席に座った。

「龍も何か飲むかね？」

「いや、いい」

祖母に断ると、彼は麻衣に頭を下げた。

「すみません。こんな時期にわざわざ来ていただいて」

「わたしのほうから会いたいって言ったんだから、気にしないで。元気？」

「ええ、まあ」

龍は曖昧《あいまい》に答える。麻衣はそんな彼を見回して、

「……体型に変化はないか。コロナ太りとかしてると思ってた。いや、休学太りかな」

「そこまで不摂生《ふせっせい》はしてませんよ」

龍の眼《め》が細くなった。苦笑したようだ。

「それで、どういう用件ですか」

「ここで訊いてもいい？」

「かまいません」

「じゃあ、単刀直入に。これからどうするか決めてる？」

「……そう、ですね……。わからない、というのが本音ですかね」

龍は言った。

「そもそもどれだけ休学するかも決めてなかったんで。そのまま退学って選択肢も考えてたし」

「そんなに医学部が嫌？」

「嫌っていうか……」

言葉を選んでいるのか、視線を宙に泳がしてから、

「……自分に適性があるかどうか、わからないんです。このまま医学部を出て医者になって、ってのが正しいことなのかなって」

「その話は駿もしてた。『龍は医者になって人間の命を預かることができるかどうか不安になってるみたいだ』ってね。あいつは君のこと『優しすぎる』って言ってたけど」

「俺《おれ》は、優しくなんかないですよ」

龍の眼が、また笑った。

「優柔不断なだけです。うじうじと考えてるばかりで、全然前に進めない。自分でも、どうしたいのかわからないんです」

「そうか。君も低迷してるねえ」

「君も？」

「今年のドラゴンズと同じってこと」

そう言って、麻衣は肩を竦《すく》めた。

「そういうことなら、とことん悩むしかないね。悩んでもがいて、その間に戦力を補強して捲土重来《けんどちょうらい》を期するの」

「俺のこと言ってるんですか。それともドラゴンズのこと？」

「どっちも同じ。低迷期ってのはいつか抜けるから」

「そのとおりだて」

敦子が言った。

「人間、いいときもあれば悪いときもあるでね。うちだって今はコロナのせいで客足がさっぱりだけど、これまでだってこんな不景気は何度も経験しとるよ。オイルショックとか何とかショックとか。でもね、悪いときは長く続かん。そのうちまた良うなるで」

「老舗《しにせ》の喫茶店経営者が言うと、言葉に重みがありますね」

麻衣は言った。

「喫茶ユトリロって戦後すぐに開業したんでしたっけ?」

「昭和二十四年だわ。この辺一帯が空襲で焼け野原になってまって、それが戦争が終わった後にバラックが建《た》って闇市《やみいち》ができて、その頃《ころ》にわたしの父さんと母さんが店を始めたんだわ」

「昭和二十四年というと……一九四九年ですね。ということは、去年がちょうど七十周年だったんですね」

「言われてみると、そうだね」

「何かお祝いとかしなかったんですか」

「お祝いも何も、すっかり忘れとったわ」

敦子は笑った。

「どうしようね。今年は七十一周年ですってお祝いするかね。なんか中途半端だけどね」

するとた龍が、

「正確に言うと一九四九年の何月に店ができたの?」

と尋ねた。

「ええっと……いつだったかねえ?」

敦子が首を捻《ひね》ったところで、

「十二月」

店の奥から正直の声がした。

「昭和二十四年十二月二十四日だ」

「あれ、よう覚えとるねえ」

「先代から教えられた。まだ日本にクリスマスとかが定着してなかった頃だったが『クリスマスイブに堂々開業』と書いた看板を立てて、ちんどん屋まで使って大宣伝したそうだ」

「ああ、なんか覚えとる……ような気がする」

敦子が指で頭を叩《たた》いて、

「わたしあのとき三歳だったで、はっきりとは覚えとらんけど、なんか仰々《ぎょうぎょう》しいことしとったと思うわ」

「……なるほど、十二月か」

龍が気付いたように、

「つまり、今はまだ七十周年期間中ってことだ」

「そういうこと」

麻衣も頷《うなず》く。

「だから今から七十周年記念をやっても全然いいと思う」

「記念ねえ」

敦子は首を捻って、

「お父さん、なんかやる？」

答えは返ってこない。

「たしか六十周年のときはタオル作って配ったわね。またあれやるかね？」

「芸がない」

と、やっと素っ気《そけ》ない返事が来る。

「配るにしても、前と違うものにしたい」

「前と違う……ねえ」

敦子は考え込む。

「何だろね？　ハンカチ？　風呂敷《ふろしき》？」

「ばあちゃんは布物から離れられないんだな」

龍が笑った。

「他のものっていったら、例えばコップとか、ああそうだ、店で使ってるコーヒーカップとかは？」

「高くつくがね。そんなに金かけられんよ」

「そうか……じゃあ、食べるものとかは？　米とかお茶とか」

「米は重いねえ。お茶は……悪くはないかもしれんけど、喫茶店では日本茶を出しとらんしねえ」

「あの」

麻衣が話に入った。

「ひとつ提案していいですか。食べるものなら、なごやんはいかがでしょうか」

「なごやん？　何ですか、それ？」

龍が首を傾《かし》げる。

「名古屋にそこそこ詳しくなってきた君も、まだなごやんは知らなかったか」

麻衣は持っていたバッグを開けた。

「これが、なごやん」

龍の前に置いたのは、個包装された茶色い饅頭《まんじゆう》だった。

「名古屋に本社がある敷島《しきしま》製パン――東京生まれの龍君なら『Pasco』のブランド名のほうがわかりやすいかな――が昭和三十年代から作ってる饅頭」

「『Pasco』なら知ってますけど……でも、どうしてそのなごやんを今、明壁さんが持ってるんですか」

「名古屋の人間ならなごやん常備はデフォルト、と言いたいところだけど、スーパーで夕飯の買い物をしたときに、不意に眼に付いて買ったの。小腹が空《す》いたら食べようと思ってバッグに入れといた」

「名古屋のひとは小腹が空いたらなごやんを食べるんですか」

「わたしは食べる。名古屋ならどこでも売ってるし。食べてみる？」

「いいんですか」

「いいよ。今はまだ小腹空いてないし」

麻衣に勧《すす》められ、龍はマスクを外すとなごやんの袋を破る。茶色い表面をじっくりと眺め、それから一口。

「……美味《おい》しい」

表情が緩んだ。

「中身、白い餡《あん》なんですね。名古屋だからてっきり小倉餡《おぐらあん》かと思った。皮の食感は饅頭っていうよりパンの耳に近いかな？」

「固めの黄味餡《きみあん》をカステラ風の生地《きじ》で包んで焼いてあるの。皮と餡の間に隙間《すきま》があるでしょ。これも味なのよねえ。振ると中の餡がかたかたと動くのもあって」

「素朴《そぼく》な味だな。これ好きだ」

龍は残りも一気に食べてしまう。

「名古屋では子供の頃からみんな食べてるんですね？」

「そう。だから馴染《なじ》み深いのよ」

「でも、それなら尚更《なおさら》、わざわざ記念品として配るようなものではないんじゃないんですか」

「このまま配るんじゃないの。オリジナルのなごやんを作るのよ」

「オリジナル？」

答える代わりに麻衣は自分のスマートフォンを取り出し、ネットで検索する。

「……あった。これを見て」

ディスプレイに表示されているのは、Pasco のサイトにあるなごやんのオンラインショップのページだった。

「ここに『オリジナル焼印入りなごやん』ってあるでしょ。好きな言葉を焼印にしてなごやんに入れられるの。会社の記念日とか結婚式の引き出物とかに使われてるみたい」

「なるほど。これでユトリロのオリジナルなごやんを作れるんですね」

「そういうこと。百個から注文できて値段は税込み１６２００円から」

「百個くらいなら、ノベルティとして適当かな。じいちゃん、ばあちゃん、どう？」

「ええんでないねえ」

敦子の反応は悪くない。正直も奥から出てきて麻衣からスマートフォンを受け取った。じっくりと見つめ、

「うん」

とだけ言って、戻った。

「じゃ、決まりだね」

龍が言った。

2

コロナウイルスは湿気に弱いから梅雨《つゆ》を過ぎれば感染も収束していくはず、などと感染症の専門家が言っていたのは春先だったか。

七月も半《なか》ばとなり、ただでさえ連日の気温と湿度の高さにうんざりとする時期なのに、パンデミックは収束するどころか再び勢いを増しているようだった。

「第二波って寒くなってから来るんじゃなかったかな?」

駿が額の汗を拭《ぬぐ》いながら言った。冷感マスクというものを着けているそうだが、あまり効果はないようだ。

「これは第二波っていうより、抑えきれなかった第一波が盛り返してきたってところじゃないかしらね」

答える麻衣もマスクの中に籠《こ》もる熱気を気持ち悪く感じていた。

「どっちにしても、この状態は当分続く。うんざりするけど」

「ほんと、うんざりだ」

駿は言った。

「ウイルスなんか、ぶっ飛ばしてやりたい」

「期待してるよ、未来のパスツール君」

ふたりは喫茶ユトリロのドアを開けた。

「いらっしゃい」

いつものように敦子の声が迎えてくれる。麻衣と駿を見て、にこりと微笑《ほほえ》み、

「下は混んどるで、上に上がってね」

たしかに一階の席は埋まっている。麻衣と駿は中二階へと上がった。そこにもひとり、女性が席に着いていた。青いマスクをしている。麻衣たちはひとつ離れた席に座る。

龍も上がってきた。

「久しぶり」

「……おう」

駿が声をかけると、少し躊躇したように応じた。

「元気にしてたか」

「まあ、な。駿は？」

「大学に行けなくてリモート授業がもどかしくて飲み会もなくて先が見えないわりには元気だ。そっちは?」

「コーヒー豆の善《よ》し悪《あ》しが少しわかるようになってきた」

「すごい進歩だ。将来はコーヒーを淹《い》れるのが上手《うま》い医者になるか」

「それも悪くないな。注文は?」

「アイスコーヒー」

「わたしも」

「OK。レーコーふたつね」

龍は注文を通すために一階に下りていった。

「レーコーって。あいつ、すっかり喫茶店の店員になってるな」

駿が難しい顔になる。

「本気で大学やめるつもりかな? 明壁さん、どう思います?」

「どうだろうね。本人次第《しだい》でしょ」

「まあ、そうなんだけど……」

「心配?」

「そりゃあ、ね。今は他人の心配をしてる場合じゃないのもわかってますけど。このままだと俺たち、ちゃんと大学を卒業して医師免許を取れるかどうか」

そんな話をしているうちに龍が戻ってきた。彼が持ってきたトレイに載っているのはホットコーヒーだった。向こうの席の女性のものらしい。それを置いてから麻衣たちのほうへやってきた。テーブルにコップとお絞りを置いた後、トレイに載せていたものをふたりに見せた。

「これ、できました」

「おお、これか。七十周年記念なごやん」

駿がフィルムを破り中身を取り出す。上面に文字が焼印されていた。

祝

七十周年

喫茶ユトリロ

「いいんじゃない。いかにも記念品って感じで」

麻衣の言葉に龍も頷く。

「ばあちゃんもじいちゃんも感謝してます。いいものを教えてもらえたって」

「お役に立てたなら嬉《うれ》しい――あ、もう食べた」

さっさと食らいついた駿を窘《たしな》める。

「あ、いけませんでしたっけ？　でも美味しいですよ」

「美味しいのはわかってる。食べるのもいい。でももう少し感慨に耽《ふけ》ってあげなさい」

「いいんですよ。食べてもらいたくて作ったん――」

龍の言葉が、途切れた。

泣き声が、聞こえる。三人は思わず振り向いた。

向こうの席に座っていた女性が、肩を震わせていた。マスクを外していたので、涙が頬《ほお》を伝うのが見えた。四十歳前後だろうか、ほっそりとした顔立ちをしていた。

龍が泣きつづけている彼女のところへ行った。

「高宮《たかみや》さん、どうかされたんですか」

彼が案じるように声をかけると、

「……あ、ごめんなさい。なんでも、ないんです。なんでも……」

そう言いながら、高宮と呼ばれた女性は涙を止められないでいた。

「……ただ、ああ、これだったのかって思ったら、泣けてきちゃって……ごめんなさい……」

「これだったって？」

龍が続けて問いかけると、高宮は手許《てもと》のバッグから紙片を取り出した。写真のようだった。それを龍に見せる。

麻衣も思わず席を立って覗《のぞ》き込んだ。写真だった。かなり古いもののようだ。どこかの庭先だろうか、生け垣を背景にして四人の人物が写っていた。六十歳くらいの男と三十代か四十代の男女、そして小学校低学年らしい女児がひとり。陽差《ひざ》しが眩《まぶ》しいのか、サングラスをしている若いほうの男性以外、みんな眼を細めている。男たちがふたりともランニングシャツ姿でいるところを見ると、季節は夏なのだろう。年上の男性は脇《わき》に松葉杖《まつばづえ》のようなものを抱えており、サングラスをした若いほうの男性が彼を支えていた。女性はふっくらとした体つきでにこやかに笑っている。そして真ん中に立っている女児は、にこにこと笑いながら手にしたものを見せつけている。

「これは？」

龍が尋ねると、やっと泣き止《や》んだ高宮は、それでも潤《うる》んだ声で、

「わたしの家族の写真です。両親と祖父」

「じゃあ、真ん中の女の子が、高宮さんですか」

龍の質問に、高宮は首を振る。そして写真を裏返した。そこには鉛筆で「美千子とS50.8.5撮影」と記されていた。

「みちこ、と読むんだと思います。母が亡くなるとき、病床で一度だけ『みちこ、みちこ』と譫言《うわごと》みたいに言うのを聞きました」

「お母さん、亡くなられたんですか」

「去年の年末に。死んだ後、母の戸籍を初めて見て、わたしの他に娘がいたことを知りました。それが、この子です」

「じゃあ、この美千子って子は高宮さんのお姉さん?」

「そういうことになります」

「お姉さんがいることを知らなかったんですか」

「母の生前には、一度も聞かされたことがありませんでした。母は手作りの大きなお守り袋をいつも肌身離さず身に着けていたんです。死ぬときも。その中にこれが入っていました。今まで一度も見たことのない写真です」

「ということは、この美千子さんも、もう?」

「戸籍では死んでいます」

「いつ?」

「昭和五十年八月六日。この書き込みどおりなら、写真を撮った翌日です。どうして亡くなったのかはわかりません」

そう言うと、また彼女は泣きだした。

「すごくショックなんです。どうして母は、姉のことを一度もわたしに話してくれなかったのか。わたしが生まれる五年前に姉は死んでいた。会えなかったけど、自分に姉妹がいたことを知っておきたかった。どうして母は、何も言わなかったんでしょうか……」

「他のひとには訊けないいんですか」

麻衣が尋ねると、

「祖父も父も、疾《と》うに亡くなりました。祖母は母が小さい頃に死んだそうです。他に親戚《しんせき》はいません。祖父は豊明《とよあけ》で米屋をやっていて、父は昔から眼が悪かったので、母が配達の仕事とかを手伝っていたみたいなんですけど、わたしが物心付いたときはもう廃業してました。姉のことを知っているひとは身近にいないいんです。だから手掛かりは何も……でも今、ひとつだけ、やっとわかりました」

「これですね」

龍が写真の一ヶ所を指差した。

美千子と思われる女児が得意気にカメラに向かって差し出しているもの。

「……ああ」

後から来て写真を覗き込んでいた駿が、得心したように言った。

「これ、なごやんだ」

「ええ、姉が持ってるのは、このお饅頭です」

高宮はテーブルに置かれたなごやんを手に取った。

「これのことは、やっとわかりました。でも、わからないことが他にたくさんあります。それはもう、永久にわかりません」

3

「あのひと、常連さん？」

高宮が店を出ていった後、麻衣が龍に尋ねた。

「もう二年くらい通ってくれてます。コーヒーチケットも購入してもらってますし」

一枚でコーヒー一杯分のチケット十一枚綴《つづ》りが十杯分の値段で買えるコーヒーチケット制度は、名古屋の喫茶店ではそれほど珍《めずら》しくない。喫茶ユトリロでも昔からこの方式を採用していた。購入者はチケットに名前を記すことになっている。だからコーヒーチケットを買ってくれた客の名前がわかるのだった。

「高宮亜香《あこ》さん。近くのアパートに独《ひと》り住まいされてます」

店での雑談から客の素性《すじょう》もある程度は把握《はあく》しているようだった。麻衣は重ねて尋ねる。

「家族の話、今まで聞いたことある？」

「さあ。もしかしたらばあちゃんは聞いてるかもしれないけど」

龍が答えると、麻衣は席を立って一階に下りた。

「あの、ちょっと伺っていいですか」

敦子に言った。

「さっき中二階にいた高宮さんってお客さんですけど、ひとりで暮らしていらっしゃるんでしょうか」

「高宮さんかね？　どうかねえ。今まで旦那さんとか家族のことは聞いたことないで、独り暮らしかもしれんねえ」

「お母さんが最近亡くなられたそうなんですが」

「ああ、そう言っとったね。離れて暮らしとったみたいだけど」

それだけ聞いて戻ってきた麻衣に、駿が尋ねた。

「何を知りたかったんです？」

「高宮ってひと、思いを共有してくれるひとがいるのかなって。辛《つら》そうだったから」

「たしかに落ち込んでるみたいでしたね。姉さんがいたことを知らなかったなんて、ショックだろうなあ」

「それよりも、お母さんがお姉さんのことを一言も言わなかったことのほうがショックなんじゃないかなあ」

龍が言った。

「もし同じ境遇になったら、俺だって相当こたえるもの」

「そうかもね」

麻衣も同意する。

「でも、わたしたちには、どうすることもできない」

「どうすることも、できない……かなあ」

龍は両掌《りょうて》を頭の後ろで組んで天井を見上げた。

「俺たち今、どうすることもできない状態にずっと置かれてますよね。外に出られない。遊びにも行けない。会って話をすることも躊躇してしまう。学校にも行けない。どうすることもできないから諦《あきら》めるしかない。それはわかってます。でも、諦めることにもちょっと疲れてきました。なんか、一矢むくいたい」

「それ、わかる」

駿が頷いた。

「俺も、だから決めたんだ。大学を卒業したら院に行って、ウイルス研究をする」

「ウイルス研究？　おまえ、内科医になるとか言ってなかった？」

「気持ちが変わった。こんな状況を見せられたら、変わるよ。ＣＯＶＩＤ‐19はきっと、現在のウイルス学の権威がワクチンなり治療薬なりを作り出してくれて、いつか終息するだろう。でもな、また別のウイルスが出てきて猛威を振るうかもしれない。そのときは、俺が相手になってやる」

「頼もしいねえ、駿」

麻衣は駿の肩を叩いた。

「この前までクモを怖がって泣いてた男の子とは思えない」

「いつの話ですか。小学校時代のトラウマを持ち出さないでくださいよ。明壁さんこそ近所のガキどものボスだったくせに、今は人妻だなんて、想像もしてなかったです」

軽口を叩き合うふたりを前にして、龍は複雑な表情をしていた。

「どうした？」

駿が尋ねると、

「いや……おまえはすごいなあって思ってさ」

「すごい？」

「医学者としてやるべきことが、ちゃんと見えてる。すごいよ」

「そんなことないさ。おまえだって……」

と言いかけて、駿は言葉に詰まる。

「そう。この新型コロナ騒ぎが起きる前から、俺は立ち止まったままだ。駿みたいに前を向けない。何をしたらいいのかわからなくて、一歩も踏み出せない」

「そのことなんだがな」

駿は身を乗り出すようにして、龍に言った。

「戻ってこいよ。今なら休学もリモートもそんなに変わらないだろ。むしろチャンスかもしれない。数ヶ月の休学期間なんか、なかったことにしてもらえるぞ。そしたら俺と一緒に大学を卒業できる。それまでに自分の進路について考えればいいんだからさ」

それを言いたくて駿はついてきたのか、と麻衣は納得する。だったら力を貸そう。

「鏡味君、君の悩みを完全に理解できてるとは思わない。でも、もし立ち向かわなきゃならないことがあるのなら、今こそ突き詰めて考える機会かもしれない。君は自分の行き先が見えなくなって立ち止まっているんだろうけど、今は世界中が同じ状態だよ。この先どうなるか、どうするべきかはっきりしなくて、うろたえてる。そんなときだからこそ、自分の足許をしっかり見据えるといい。それでも医学者の道を進むのは違うと思うのなら、やめてしまっていい」

「ちょっと明壁さん、やめさせてどうするんですか」

「わたしは鏡味君に力を貸したいの」

駿の抗議を制して、麻衣は続けた。

「お父さんと、話したんでしょ？」

「はい」

「休学のこと、理解してもらえた？」

「はい」

「医大をやめるかもしれないって、言った？」

「そこまでは……でも『自分の思うとおりにやれ』と言われました」

「いいアドバイスね。でもシビアな言葉かもしれない。自分の思うとおりにやるのって、一番キツいことだもの」

「そう……ですね」

龍は自分を納得させるように頷く。

「でも、父さんの言ったようにするのが一番いいとわかってます。だから……だから今回も自分の思うとおりにやってみようと思います」

「今回も？」

「さっきの高宮さんのこと。ちょっと調べてみます」

「調べるって、死んだお姉さんのことか。どうやって？」

駿の問いに、彼は答えた。

「確かめてみたいことがあるんだ」

4

久しぶりにゆったりできる休みが取れた国芳と、麻衣は午後のティータイムを過ごすことができた。

「へえ、懐かしいな」

コーヒーと一緒に出されたなごやんを見て、夫は言った。

「子供の頃、よく食べてた」

「最近は御無沙汰《ごぶさた》だった？」

「そうだね。しばらく食べてなかったなあ」

国芳はなごやんを口に入れる。

「……美味《うま》い。でも、こんな味だったかな。なんだか記憶よりもしっとりとしているような気がする」

「味を少しずつ改良してるんだって。同じようであって、同じではない」

「なるほどね。コーヒーにも合うし、忘れてたのがもったいないな」

しばらくはふたり、コーヒーとなごやんを味わった。

「ときに、麻衣さんが言ってた悩める医大生、どうなった？」

「順調に悩んでるみたい。悩んでもがいてる」

「それはよかった」

「そうね。彼のためにはいいことだと思う。ねえ、国芳君は医者になるとき悩まなかった？　自分に資質があるのだろうかとか、命を預かる重荷に耐えられるだろうかとか」

「悩んでたね。というか、今でも悩むことがあるよ。僕の患者さんでも手術して助かったひともいれば、助からなかったひともいる。幸いにも手術で大きな失敗はしたことがないけど、今後もしないとは断言できない。人間はミスをする生き物だから。なごやん、まだある？」

「あるよ。そういう心配をしながら、でも医者をやってるんだね」

「当然だよ。僕は手術が好きだから」

「なんだか、マッドサイエンティストっぽい」

「そういう意味じゃないよ」

国芳は少し笑って、すぐに表情を戻す。

「僕は手術で患者さんの心臓が正常な機能を取り戻すのが好きなんだ。助けられた命があるってだけでも、僕は僕を褒《ほ》めてやりたくなる。悩むことが多くても、自分を許せるときのほうがもっと多い。差し引きするものじゃないけど、悪い人生じゃないと思ってるよ」

「なるほどね」

麻衣はなごやんのパッケージを取りにキッチンへ行きながら、言った。

「国芳君が素敵なの、よくわかった」

「素敵、かあ。あんまり言われたことない」

「だったらもっと言ってあげようか。素敵素敵素敵」

「ありがたみが薄れるよ」

そのとき、室内に「燃えよドラゴンズ！」のメロディが鳴り響いた。

夫の前になごやんを置いてから、麻衣は自分のスマートフォンを手に取る。ディスプレイに表示された名前を見て、

「噂《うわさ》をすれば」

そう呟《つぶや》くと電話に出た。

「もしもし？」

――あ、すみません。今、電話してもよかったですか。

「かまわないよ。何か用？」

――あの、お願いしたいことがあるんですけど。その……。

電話の主――龍は迷うように言葉を濁《にご》す。

「言ってみて」

――あ、はい。あの、明壁さんのご主人、心臓外科医をされてましたよね？

「そうだけど?」

——今、いらっしゃいますか。

「いるけど」

——すみません。ちょっと待って」ちょっとお話しさせてもらってもいいでしょうか。

「いいよ。ちょっと待って」

麻衣はスマートフォンを夫に差し出した。

「僕に? どうして?」

「それは直接訊いて」

スマートフォンを受け取った国芳は話しはじめる。最初は訝《いぶか》しげな受け答えだったが、すぐに語調が変わって、何かを熱心に説明しはじめた。どうやら専門分野のことらしい。

五分ほど話をした後、国芳がスマートフォンを返してきた。

「もしもし? 中身はわからないけど、目的は達成できた?」

——できました。ありがとうございました。あの、今度は明壁さんにお願いなんですけど、また会っていただけませんか。直接がいいけど、Zoomでもかまいません。

「Zoom、あまり好きじゃないのよね。講義を受けるときに使ってるけど、隔靴《かっか》掻痒《そうよう》っていうの? もどかしくてね。どうしてもってとき以外、使いたくないな。会って話しましょう。明日、どう? 久しぶりに『長靴と猫』で」

——OKです。

電話を切ると、国芳に言った。

「なんか心疾患《しんしっかん》の話とかしてた？」

「ああ、心《しん》タンポナーデについての基礎的なことをね」

「どんな病気？」

「心臓は常時激しく動いているがゆえに、周辺の臓器との摩擦を避けるために心外膜というもので覆《おお》われている。心外膜と心臓の間には潤滑油《じゅんかつゆ》となる心嚢液《しんのう》が充塡《じゅうてん》されてるんだけど、何かの要因で心嚢内にさらに体液が大量に貯留して心臓を圧迫し動きを阻害《そがい》することがある。これが心タンポナーデだ」

「何かの要因って、どんな？」

「ウイルスや菌の感染、急性大動脈乖離《かいり》や悪性腫瘍《しゅよう》による血液の流入、そして外傷による胸部損傷とか」

「命に関《かか》わる？」

「もちろん。もしも身近にその懸念《けねん》があるひとがいるなら、一刻も早く病院に搬送して処置してもらわないといけない。鏡味君は、そういうことではないと言ってたけどね」

「じゃあどうして、そんなことを訊いたのかな……」

麻衣は考え込んだ。そして、ひとつの可能性に思い至った。

「もしかして……」

「え？」

「鏡味君、真相に辿《たど》り着いたのかしらね」

5

「長靴と猫」は名古屋の中心である栄を南北に貫く大津通《おおつどおり》沿いにある喫茶店だった。その名が示すとおり店内には猫のオブジェや絵などが飾られている。麻衣は栄に来るたびにこの店を利用していた。

「それで？」

シフォンケーキを食べながら、彼女は向かいの席に座る龍に問いかけた。

「高宮さんのお姉さんのこと、調べてみました」

龍はコーヒーに口を付けた後、話しはじめた。

「死因はわからないけど、あの写真を撮った翌日に亡くなったということは、病気とかではないと考えました。写真の中の美千子さんは元気そうでしたから。だとしたら事故だろうか。もし事故なら、新聞とかに記事が載っているかもしれない。そう思ったから鶴舞《つるま》中央図書館に行って新聞のバックナンバーを調べてきました。最近のものはデータベースがあるんだけど、古いのはマイクロフィルムしかなくて、結構大変でした」

「それはご苦労さま。それで、見つかった?」

「はい」

龍の表情が少し硬くなった。

「昭和五十年八月六日午前十時ごろ、豊明に住む高宮美千子ちゃん五歳が車に撥《は》ねられ、胸部圧迫による心タンポナーデで亡くなった、という新聞記事を見つけました」

「交通事故か。痛ましいね」

「ええ。でも問題は美千子ちゃんを撥ねた相手です。祖父の高宮宣郎《のぶろう》さんなんです」

「お祖父《じい》さんが?」

「駐車場から車を出そうとして、家の前で遊んでいた美千子ちゃんに気付かず撥ねてしまったと供述しています。足を怪我《けが》していて運転がうまくできなくて、咄嗟《とっさ》にブレーキを踏むこともできなかったと」

「それは……悲惨な話だね」

「お母さんが高宮さんにお姉さんのことを話さなかった理由が、わかったような気がします」

「美千子ちゃんのことを話せば、その死因に触れることになる。お祖父さんが死なせてしまったとは、どうしても言えなかったわけだね」

「そういうことだと思います」

そう言って、龍は深い溜息《ためいき》をつく。

「明壁さん、俺、どうしたらいいのかわかりません」

「調べたことを高宮さんに知らせるかどうかってこと？」

「はい。高宮さんに頼まれたわけじゃない。俺が勝手に調べてきたことを、しかもこんな悲惨な事実を、わざわざ話すべきなのかどうか……」

肩を落とす龍に、

「君はなぜ、美千子ちゃんの死因を調べようと思った？」

と尋ねると、

「それは……悩んでいる高宮さんに本当のことを教えてあげようと思って……」

「お為《ため》ごかしだね」

麻衣は切って捨てるように言った。

「言ってたじゃないの。『自分の思うとおりにやれ』っていうお父さんの言葉に従うって。君がやりたいから調べたんでしょ？　謎《なぞ》を解いてみたかった。そしてあわよくば、高宮さんに真相を告《つ》げて感謝されたかった」

「そんなこと……」

反論しようとして、龍は口籠もる。

「……そう、かもしれません。俺は」

言葉を切り、しばらく沈黙する。再び口を開いたとき、その言葉には自己嫌悪の色が混じっていた。

「俺、ここ最近で似たようなことが何度かあったんです。ちょっとした謎を抱えていたひとに会って、その謎を解いてあげたりしたことが。結構感謝されたんですよね。それで俺、思ったんです。こういうのって気持ちいいなって。面白いし、承認欲求も満たされるし。だから今回も同じノリでやってみたんです。考えてみれば人ひとりの存在を隠し続けていたなんて、余程のことですよね。それを暴くのは良くないことだって、気付かなかった」

「でも、やってしまった。どんな気持ち？」

「後悔《こうかい》してます。すごく後悔してる。手にしてしまったものの重さに耐えられない感じです。しかもこの重いものをどう扱ったらいいのか見当もつかずにいる」

麻衣は悄然《しょうぜん》としている龍を見つめ、言った。

「今の君には、三つの選択肢がある。ひとつ、自分が調べてきたことを正直に高宮さんに話す」

「でも、そんなことをしたら――」

「真実を知った彼女は、今以上に辛くなるかもしれないね。ではふたつめ、嘘《うそ》ででっち上げた話をする。彼女が傷つかないような嘘。たとえば美千子ちゃんは病気で自分の命があと少ししかないと悟って、お母さんに『わたしはきっと生まれ変わって、またお母さんの娘になる。でもそのことは生まれてきた子には話さないで。その子はわたしだけど、わたしじゃないから』と遺言した。なので話さなかった、とかね」

「それは……ちょっと無理があります」

「わたしも話しててそう思った。今のは思いつき。とにかく穏便に収まるような嘘をつく」

「それはでも……」

「そう、きっちりと整合性のある穏便な嘘なんて、ない。絶対に無理が生じる。しかも、君がそんな嘘をつかなきゃならない理由もない。だとしたら、残された選択肢はひとつだけ」

「何もしない」

麻衣はシフォンケーキを一口食べてから、言った。

「何も……」

「調べたことは君の胸の中に収めて、高宮さんには言わない。他の誰《だれ》にも」

「……やっぱり、それが一番いいんでしょうか。でも、この先お店に高宮さんが来たとき、どんな顔をしたらいいのか……」

「今までどおりにしてればいい。君が悩む必要もないよ。人間、墓場まで持っていく秘密のひとつやふたつ、いや、百や二百あるからね。それにひとつ加わっただけ」

龍は考え込んでいたが、ふと顔をあげて、

「やっぱり明壁さんって、強いひとですね。俺はなかなか、そんなふうに思いきれない。ぐずぐず思い悩んでしまう」

「わたしは強くなんかないよ」

麻衣は言った。

「なるべく傷つきたくないから、身をかわすことを優先したいだけ。人間としての強さでいうなら、君のほうがよほど強い」

「俺が、ですか」

「積極的にひとに関わろうとしてる。誰かを助けられるなら何とかして助けたいと常に思っている。そういうところ、夫に似てるわ」

「え？」

「つまり、医者には向いてるってこと。君はいい医者になれるよ」

麻衣がそう言うと、龍は力なく微笑みながら、小さく首を振った。

「俺は……駄目です。こんなところで立ち止まってるだけじゃ……」

6

「医者は患者に隠し立てをしてはいけない。これは基本だ」

国芳は鯵《あじ》の開きを箸《はし》でほぐしながら、言った。

「昔は癌《がん》とかだと患者本人にも病名を言わないでおくってことがあったみたいだけど、今じゃ考えられないよね。インフォームド・コンセントの考えかたに反する」

「でも高宮さんは鏡味君の患者じゃないよ」

「そうだね。勝手に『診《み》てあげましょう』って言って『これは重篤《じゅうとく》だ。問題だ』と騒ぐようなものだ。しかも騒いだところで問題が解決するわけじゃない。麻衣さんが言うように、黙っていたほうがいい」

「その分、鏡味君は重荷を背負《せお》うことになるけどね」

「自己責任って言葉、あんまり好きじゃないけど、まあ、そういうことだよね。この鯵、結構美味しい」

「電子レンジで温めるだけだし、しかも骨まで全部食べられるし、言うことないわ。『カッツェ・クロサキ』って、いいもの揃えてる」

食後、ふたりでソファに並んでテレビを観《み》ていると、不意に国芳が言った。

「まだ、何か引っかかってることがあるの？」

「え？」

「鏡味君のこと。そんな空気を感じるんだけど」

「国芳君ってそんなに空気の読めるひとだったっけ？」

「病院じゃKYで有名だけど。あ、これももう死語か。で？」

「高宮美千子の事故死について、悪い想像をしてる」

「どんな？」

「鏡味君が見つけてきた新聞記事には祖父が運転を誤って美千子ちゃんを撥ねたと書いてあった。警察はその見方で捜査したってことだろうし、そのまま起訴して裁判まで行ったのかもしれない。事情が事情だから、それほど重い罪にはならなかっただろうけど、裁かれたのは祖父なんだと思う」

「それが違うと？」

「高宮さんに見せてもらった写真に、その祖父も写ってた。松葉杖を抱えてた。そんな足で本当に車が運転できたのかな」

「違うとでも？　でも警察はそう判断したんだよね」

「祖父が言い張ったから、かもね」

「別の人間が運転したって思ってるの？」

「そうかもしれないって想像したの。『祖父は豊明で米屋をやっていて、父は昔から眼が悪かったので、母が配達の仕事とかを手伝っていた』と、高宮さんは話してた。配達の仕事を手伝うってことは、車の運転をしてたってことだよね」

「それってつまり……お母さんが？」

「実の娘を撥ねてしまった。それを祖父が庇《かば》った」

「それはでも……君の想像だよね？」

「確度の高い想像だと思ってる」

「それが正しいとしたら、事実はもっと悲惨だな」

夫の言葉に、麻衣は頷く。

「高宮さんのお母さんが美千子ちゃんのことを話せなかったのも、わかる気がする」

「だね……その話、鏡味君にはしていないの？」

「ええ。確証のないことだし、彼をさらに追い込むのも気が引けたしね」

「明日もユトリロに行くって言ってたね。ずっと彼には黙ってるつもり？」

「もちろん。わたしだって墓場まで持っていく秘密の百や二百くらい、持ってるから。もうひとつ増やしておく」

そう言うと、麻衣は国芳に体を預けた。

「その分、重くなったらときどき寄りかかるからね。よろしく」

「了解」

7

店に入ってみて驚いた。

「高宮さんもいらしてたんですか」

「はい。先日はお世話になりました」

高宮は席から立ち上がり、頭を下げた。眼が潤んでいる。

「鏡味君は、いますか」

高宮の涙目に気付かないふりをして、敦子に尋ねた。

「今ちょっと買い物に行ってもらっとるの。もうすぐ戻ってくるで、ちょっと待っとって。

ああそう。あのなごやんねえ、すごく評判よかったに」

「そうでしたか。それはよかった」

「うんうん。これもあんたのおかげだわ」

にこやかに笑う敦子に笑みを返して、空いている席に座る。と、高宮が近付いてきた。

「あの、お話ししてもいいですか」

「あ、ええ」

高宮が向かいの席に座る。気付いたようにマスクを着けなおし、言った。

「この前お話ししたこと、覚えていらっしゃいますか。わたしの姉のこと」

「美千子さん、ですか」

「そうです。さっき、鏡味さんから姉のことを聞きました。わざわざ図書館で古い新聞を調べてくれたって」

「え？　話したんですか」

思わぬことに、麻衣は驚く。

「はい。全部話してくださいました」

それで彼女は泣いていたのか。しかしどうして……麻衣は龍の気持ちがわからなかった。

「姉は、美千子は車の事故で亡くなったそうです。その車を運転していたのは……祖父……あるいは母だと」

「え……？」

「新聞記事では祖父が運転していて誤って姉を撥ねたと書かれていたそうです。でも鏡味さんは、もしかしたら祖父は身代わりで、本当は母が運転していたのかもしれないと言いました」

龍も気付いていたのか。

「『高宮さんには辛いことかもしれません』と鏡味さんは言いました。『でも、お母さんの気持ちを汲んであげてほしいんです。お母さんはきっと、ずっと罪の意識を抱いていたんだと思います。でも、ずっと美千子さんのことを忘れなかった。その証拠に、あの写真を肌身離さず持っていました』鏡味さんは、そう言いました。『だから高宮さんにもお母さんと美千子さんの本当のことを知っていてほしいんです。不幸な事故で亡くなってしまったけど、お母さんは美千子さんのことを思っていた。亡くなる直前に呟かれた言葉が、お母さんの気持ちです』と。それでわたし、わかりました。母が『みちこ、みちこ』と言ったのは、謝っていたんじゃないんです。あのとき母は、胸元をずっと摑《つか》んでいた。写真の入っていたお守りを握りしめていたんです。ずっと姉のことを思って呼びかけていた……」

高宮の瞳《ひとみ》から、また涙がこぼれた。

「……母の辛い気持ちが、わたしにはわかります。そのことを忘れてはいけない。祖父と母と姉のことを、わたしが忘れてはいけない。鏡味さんの話を聞いて、そう思いました。辛いけど、本当のことを知ってよかったと思います。鏡味さんには感謝しています」

「うちの孫、ええ子でしょう？」

敦子が言った。

「心根の優しい子なんだわ。優しすぎて、ときどきワヤになるけどね」

「ほんとにね」

麻衣は思わず笑った。

「あの子、ワヤだわ」

「あの、ワヤって？」

高宮が尋ねる。

「名古屋弁で『無茶苦茶になる』とか『駄目になる』という意味」

麻衣は説明した。

「でも、ワヤになっても彼は彼なりに何とかできるみたいね」

そのとき、店のドアが開いた。

「あ、いらっしゃい」

紙袋を抱えて戻ってきた龍は、店の空気にきょとんとした顔をして、

「どうかした？　何かあった？」

「何にもあれせん」

敦子が紙袋を受け取って、

「あんたが、ワヤな子だって話しとったの」

「ワヤ？」

どうやら彼も「ワヤ」の意味を知らないようだ。

敦子は受け取った袋から荷物を取り出す。

「あ、なごやんですね？」

「そう。評判がよかったでね。もう一回注文したの。また配るわ」

そう言って、彼女はなごやんを麻衣の席に置いた。

「また食べたってちょ」

「ありがとうございます」

受け取って礼を言うと、龍に言った。

「君には、負けた」

「え？」

龍はまたまたきょとんとする。

「ストレートの剛速球を堂々と投げるんだもの。中里篤史《なかざとあつし》もかくやとばかり」

「なかざと？　誰ですか」

「かつてドラゴンズにいた天才ピッチャー。そんなことより、君ならきっといい医者になれるよ。わたしも夫も保証する」

「それは……ありがとうございます」

複雑な笑みで、龍は答えた。

「でも、俺はまだ自分の未来が見えません」

「見えないなら見えるまで足掻《あが》いてみればいい。なごやんだって人知れず味の改良とかして自分を変えてきたんだよ。何もかもみんな昔のままではいられない。どうせ未来なんてわからないんだから。去年の今頃、みんながマスクをしないと外に出られない世の中になるなんて、誰が予想してた?」

「……そうですね。先のことなんか、わからない。この駅西も」

「どうなるか、わからんね」

敦子が言った。

「本当にリニア新幹線が来るかどうかも、わからんようになってまったし」

「ああ、あの件ですね」

麻衣は先日見た記事を思い出す。

リニア新幹線は計画では二〇二七年の開業を予定していた。しかしルートの途中にある静岡県がトンネル掘削《くっさく》による環境破壊で水資源に悪影響が出るとして許可を出さなかったのだ。JR東海と静岡県の折衝《せっしょう》は何度か行われたが結局合意に至らず、開業が遅れることがほぼ明確になっている。新駅の建設を見越して再開発が始まっている名古屋駅西も、その影響は避けられないだろう。

「このままリニアの計画がおじゃんになるかもしれんねえ」

敦子は言った。

「そうなったら、この駅西はどうなるかしゃん」

「そのときは、そのときだ」

店の奥から正直の声がした。

「町は消えても、土地は消えない」

「そうだね。そのときはそのときだ」

龍が応じた。

「俺もじっくり腰を据えて考える。そのときのために」

麻衣はそんな彼の額を指先で弾《はじ》いた。

「痛《いて》っ！　何するんですか」

「激励のデコピン」

麻衣はそう言って笑う。

「……ったく、もう」

龍も額を摩《さす》りながら、笑った。

本書は二〇二〇年三月から十二月にかけて、「Ｗｅｂランティエ」（http://www.kadokawaharuki.co.jp/online/）で連載された作品を加筆修正し、文庫化したものです。

ハルキ文庫

お 4-5

名古屋《なごや》駅西《えきにし》 喫茶《きっさ》ユトリロ 龍《とおる》くんは食《た》べながら謎《なぞ》を解《と》く

著者 太田《おおた》忠司《ただし》

2021年3月18日第一刷発行

発行者 角川春樹

発行所 株式会社角川春樹事務所
〒102-0074 東京都千代田区九段南2-1-30 イタリア文化会館

電話 03(3263)5247(編集)
03(3263)5881(営業)

印刷・製本 中央精版印刷株式会社

フォーマット・デザイン 芦澤泰偉
表紙イラストレーション 門坂 流

ISBN978-4-7584-4395-1 C0193 ©2021 Ohta Tadashi Printed in Japan
http://www.kadokawaharuki.co.jp/[営業]
fanmail@kadokawaharuki.co.jp[編集] ご意見・ご感想をお寄せください。

JASRAC 出 2101552-101

名古屋駅西 喫茶ユトリロ

太田忠司

東京生まれの鏡味龍《とおる》は名古屋大医学部に今春から通う大学生。喫茶店を営む祖父母宅に下宿した龍は、手羽先唐揚げ、寿がきやラーメン、味噌おでん……などなど、様々な名古屋めしと出逢う。名古屋めしの魅力が満載の連作ミステリー。書き下ろし！ 2017年、日本ど真ん中書店大賞小説部門三位を獲得した、人気の名古屋小説第一弾！